Der sidder en mand i en sporvogn

Mogens Klitgaard

Der sidder en mand i en sporvogn

imprimatur

Mogens Klitgaard:
Der sidder en mand i en sporvogn
1. udg.1937. Rev. udg. 2020
imprimatur
© 2020 Klitgaard, Mogens
Forlag: BoD – Books on Demand, København, Danmark
Tryk: BoD – Books on Demand, Norderstedt, Tyskland
ISBN: 9788743028277

INDHOLD

FØRSTE KAPITEL

I

En klam københavnsk januarmorgen kørte en lastbil op foran en mindre manufakturforretning i den gamle del af byen. Det grå dagslys havde endnu knapt kunnet sprede det tunge, våde mørke i den sølede gade. En sådan morgen har folk ikke megen interesse for næstens anliggender, og flytningen af den lille butiks inventar og nogle fattige møbler vakte ikke større opmærksomhed. Flyttemændenes tunge, grove skikkelser baksede i halvmørket med kasser og sammensnørede dyner, en kone kom ud af den smalle butiksdør med nogle fattige potteplanter i favnen —.

Op ad dagen begyndte det at regne. En mand kom og klæbede en plakat på forretningens glasrude: Til leje.

Det måtte være de dårlige tider, der bar skylden. Måned for måned var omsætningen gået ned. Lundegaard havde sgu kæmpet for at holde den gående, han var ikke den mand, der gav op for den første vanskelighed, — han havde taget varer på kredit, han havde lånt hos familien, han havde forsøgt at lave udsalg, og han havde hos bogtrykkeren ladet trykke flere tusind reklamesedler, som hans søn havde omdelt i kvarteret, — men alt havde været forgæves. Regningerne blev flere og flere, kunderne færre og færre.

For den lundegaardske familie havde livet de sidste år været et helvede, opslidende og nytteløst arbejde og et udbytte så ringe, at de knapt kunne opretholde livet. Siden sønnen Poul var blevet udlært, havde han været arbejdsløs det meste af tiden. Datteren Anna gik det bedre, hun havde fået arbejde i et stormagasin til en gage, der i det mindste dækkede størsteparten af hendes beskedne forbrug.

Slid og slæb, snavs og fattigdom havde været hovedindholdet af deres liv i disse år. Og så havde deres kamp endda været forgæves. Til det sidste havde de håbet, at julesalget skulle redde dem.

En grå januarmorgen kørtes deres fattige ejendele til en baggårdslejlighed i en sidegade på Vesterbro.

Januar er en trist måned i København, men den er helvede i en vesterbrosk baggård. Menneskene fryser og sulter, atmosfæren hænger tung og klam over de skidne huse, selv rotterne vantrives, — kun præsterne synes at klare sig forbavsende godt i denne bydel. Slumarbejde mangler det ikke på, og arbejderne i herrens vingård forsømmer ikke de timelige for de åndelige fornødenheder. Står der ikke skrevet, at man skal forvalte sit pund. Vorherre ser i nåde til præstens obligationer.

Religion er opium for folket. Fru Lundegaard trængte til opium. Hver fredag samledes Guds venner i Nazaræernes menighedssal og græd over menneskenes synder. Hun, der altid havde haft en sund og praktisk natur, var faldet fuldstændig sammen, da forretningen måtte opgives.

Da hun for 25 år siden blev gift med Lundegaard, var de gode, velbjærgede middelstandsfolk. Forretningen gik godt og de fik to sunde og kønne børn. Dengang havde de drømt skønne drømme om forretningsudvidelser, grossererborgerskab og måske et lille, smukt hus et sted udenfor byen med græsplæne og flagstang. Dygtige og energiske havde de været, lykkelige vel også, selv om de først blev klar over det nu bagefter, og om aftenen, når børnene sov, havde de taget bankbogen frem og glædet sig over indholdets vækst, og i disse sene timer var det, deres fantasi havde bygget de skønne drømme.

Villa blev det ikke til, men vel et lille sommerhus, hvor de cyklede ud om aftenen, når forretningen var lukket og dagens regnskab gjort op.

Det var måske nok krigen, der var baggrunden for deres økonomiske succes og gav de skønne løfter, thi efterhånden som årene efter verdenskrigen gik, stilnede den gode omsætning af.

Helt galt kunne det nu aldrig komme til at gå; man tilhørte en god borgerlig slægt, der sad jævnt godt i det. Lundegaard mente, at det dårlige salg var en overgang, og man havde jo da gudskelov lidt at stå imod med.

Men salget kom sig aldrig. Det blev mindre og mindre, og som månederne gik, tårnede vanskelighederne sig op. — Det er krisen, sagde Lundegaard og læste højt af avisen om de mange små forretninger, der måtte lukke. Børnene var nu voksne, men de vanskelige tider gav dem en dårlig start i livet. Sommerhuset måtte sælges, cyklerne måtte sælges, og familien måtte nøjes med små udflugter til byens omegn.

For resten svandt lysten til adspredelser og udflugter efterhånden af sig selv. Lundegaard lå vågen om nætterne og spekulerede. Han blev nervøs og pirrelig, fik sorte rande under øjnene og søgte at døve sin angst for fremtiden med flydende stimulans.

For børnene var det nærmest en lettelse, da krakket kom. Annas gage dækkede netop huslejen for den lille baggårdslejlighed, Poul havde sin understøttelse, og hvis nu Lundegaard kunne få lidt inkassationsarbejde eller lignende, kunne de vel nok holde den værste nød fra døren.

Det viste sig imidlertid, at det ikke var så let at få arbejde af den art: Der krævedes kaution, — men omsider så det ud til at skulle lykkes. Lundegaards bror og svoger skød efter mange betænkeligheder de nødvendige penge sammen, og man fik ved samme lejlighed at vide, at det nok heller ikke gik dem så godt. Lundegaards bror var bankfuldmægtig, hans svoger tjenestemand. Deres lønninger var skåret ned, og så kom jo tilmed inflationen, der gjorde, at priserne på forbrugsvarer steg, så der ikke var noget forslag i pengene.

II

Vinterdagene sneglede sig gennem pløre og kulde for dem, der henlevede deres triste tilværelse på bunden af den smudsige stenskakt i Vesterbros fattigkvarter.

Hver dag drog Lundegaard af sted til sit brydsomme inkassationsarbejde. Op ad trapper og ned ad trapper. Dørene smækkede, og han inkasserede flere forbandelser end penge. Hans kone førte en heltemodig kamp for at bevare familiens mellemklassepræg. Hun skurede og vaskede de små fugtige værelser, lappede, bødede og børstede det slidte tøj. Børnene opholdt sig kun i hjemmet, når de sov. Anna havde fået sig en ven, og Poul tilbragte aftenerne nede i porten blandt de jævnaldrende.

En dag var Lundegaard på sin travle færd om i byen kommet forbi deres gamle forretning. Den var allerede lejet ud igen og var nu blomsterforretning. Han havde ikke kunnet dy sig for at udfritte folk i gaden. De oplyste, at der vist ikke var rigtig gang i blomsterne, og at det vist allerede var begyndt at knibe for den ny indehaver. Det skulle efter sigende være en gartnermedhjælper, der var blevet ked af at gå og trælle for andre og havde prøvet lykken for de par øre, han havde kunnet lægge til side af sin løn, men ligefrem lykke blev det vist ikke til, i alt fald stod den forhenværende gartnermedhjælper i timevis i vinduet og stirrede melankolsk ud på gaden, og det var yderst få kunder, der lod sig lokke af den beskedne vinduesudstilling.

Men optimist måtte han vel være på bunden, gartneren, for han havde da giftet sig i tillid til forretningens fremtid, og såvidt man kunne se, ventede hans kone en lille med det første. — Ja, hvis det var gjort med at slide og slæbe, skulle det såmænd nok gå, gartneren tog på torvet hver morgen, og han holdt også butikken ren og pæn og arrangerede blomsterne meget smukt i det lille vindue, men hvem har vel råd til at købe blomster i disse tider.

Det ligesom trøstede Lundegaard lidt, at efterfølgeren ikke havde mere held med lokalet, end han selv havde haft. Så var det jo altså lokalet og tiderne, der bar skylden, og ikke Lundegaards evneløshed som forretningsmand.

Det var derfor med en dårligt skjult hoveren, han fortalte sin kone, hvordan det stod til med deres gamle forretning. Men konen holdt ikke af at blive mindet om deres tidligere liv som handlende. De skønne syner, sommerhuset, grosserertitlen, græsplænen og lysthuset med stokroserne, hele det tabte paradis stod atter for hendes indre blik, slørede hendes øjne og gav hende en klump i halsen.

»Ja ja,« trøstede Lundegaard. »Så langt nåede vi jo aldrig.«

»Men forretning havde vi da, og penge i banken,« græd hun. »Hvad har vi nu.«

Den stakkels inkassator vidste ikke, hvad han skulle sige eller gøre. Han glattede hende forlegent over håret og mente, at det jo kunne rette sig endnu.

Selv mente han det dog vist ikke. Inderst inde. De havde slidt og slæbt for virkeliggørelsen af deres drømme, og livskraften var vel gået med i købet. Nu var de jo begge ved de halvthundrede år, så hvor det skulle komme fra, var ikke let at se.

Han blev helt sørgmodig, Lundegaard. Først nu stod deres ulykke ham helt klar. Flytningen, indretningen af de fattige huller her i baggården og besværet med at få arbejde havde helt lagt beslag på hans tanker, og bevidstheden om, at det var selve deres livsskæbnes ruin, de oplevede, nåede ham først nu.

Ja, det var sandt. De kunne ikke vente sig mere af livet nu end kamp mod fattigdom og snavs. En dump trang til protest vågnede i ham. Hvormed havde de gjort sig fortjent til en sådan skæbne. Havde de ikke været redelige og energiske folk. Havde de ikke ved et liv i arbejde og stræb gjort sig fortjent til en rolig alderdom. Var verden da forhekset. Nu måtte han løbe op og ned ad trapperne for at tjene til brødet. En stille, nagende forbitrelse var ved at bane sig vej hos den ellers så vennesæle og fredsommelige Lundegaard. Stormagasinerne stjal handelen fra ærlige folk og tog deres børn i sin tjeneste for 40 kr. om måneden. Stormagasinerne kunne. De udvidede og udvidede, medens den ene lille biks efter den anden måtte lukke, og deres indehavere kunne gå deres vej, hvorhen det behagede dem, — hvis de da ikke havde kæmpet imod så længe, at Sundholm var det eneste sted, der stod dem åbent.

III

Det var en ganske almindelig københavnsk januardag. Snesjap, fugtighed, tåge. Varmemåleren på Toldboden svingede mellem 3 og 4 grader Celsius, flæsket steg 4 øre pr. kg, avishandleren på hjørnet var blå af forfrossenhed i sit træskur, og parkernes gange var bedækket af et lag hvidt, der blev til vand, hvor man satte sine fødder. Børsen meldte om god stemning for obligationer og fast aktiebørs, og på Østerbro var der en lille cigarhandler, der tog gas. Af livslede og fordi forretningen gik dårligt.

Det var sent på eftermiddagen. Fru Lundegaard havde måttet tænde lys for at kunne se, selv midt på dagen var der halvmørkt i de små stuer. Man skulle jo ellers spare på lyset, men der var så meget, der skulle gøres. Lappes og stoppes. En gang imellem måtte hun gå ud i køkkenet og se til maden.

Kl. 6 havde hun dækket bordet. Anna var kommet hjem og sad ved vinduet og rimpede en silkestrømpe. Fru Lundegaard syntes, at hun var begyndt at sminke sig så meget i den senere tid. Det kostede jo da også penge. Ingen af dem sagde noget. De levede hver sit liv. Men der var jo det med pengene. Det var svært at få husholdningspengene til at slå til, maden skulle først og fremmest være nærende, og det var synd for pigen, der lagde næsten hele sin løn hjemme, evig og altid at få denne trivielle middagsmad og den tarvelige frokostpakke, der på en måde præsenterede hendes hjems fattigdom for kammeraterne inde i magasinet. Fru Lundegaard tænkte, at hun ville gøre lidt mere ud af Annas frokostpakke. Men der var jo det med pengene. Måske kunne hun tjene lidt ved syning. Grønthandlerens kone havde sagt, at der var en af de store konfektionsforretninger på Vesterbrogade, der søgte hjemmesyersker. Hendes øjne var jo ikke så gode mere, men hun kunne skaffe sig briller. Det blev nok ikke så dyrt, sygekassen betalte jo noget af det.

Poul var kommet og gik og rodede med noget inde i soveværelset, men Lundegaard var ikke kommet endnu.

Klokken halvsyv var han endnu ikke kommet.

Fru Lundegaard så ængstelig på datteren. Anna kunne Ikke lide at spise sent. Hun skulle altid gå igen, lige når de havde spist. Poul var ligeglad, hvornår de spiste, han var vist ligeglad med alting. De måtte nok hellere begynde, så kom Lundegaard vel i mellemtiden.

De spiste i tavshed. Da de var færdige og der var taget ud af bordet, var han endnu ikke kommet.

— — Lundegaard kom først hjem ud på natten. Han var fuld. Sådan havde hun aldrig set ham før. Hans tøj var snavset, og han vrøvlede i et væk.

Om natten vågnede Lundegaard og ville være voldsom mod hende. Hun græd, og de religiøse tanker kom atter op i hende. Et liv i renhed og skønhed, trods fattigdom. Gud

og selvtugt kunne hjælpe. De havde levet et liv i verdslig-
hed, dette var straffen. En mand, der drak og var liderlig,
en mand i hans alder, en datter, der aldrig var hjemme, og
en søn, der var blevet en fremmed for sin mor.

IV

»Jeg for min part havde sgu ikke noget imod, at den
krig kom, jo før jo hellere,« sagde Nielsen og skød under-
læben frem, som han plejede, når han ville pointere sin
maskuline styrke. »Det kunne måske gi' luft, alting er jo
alligevel så fjollet, at det ikke kan blive værre.«

»Man må være idiot for at kunne sige sådan noget,«
mente Poul. Nielsen var arbejdsløs kontormand og boede
i et pensionat i forhuset. De stod og hang i porten.

»Måske,« sagde Nielsen, »eller desperat. Jeg ser nu
engang på spørgsmålet ud fra min egen person, det der
vedkommer mig. Resten overlader jeg gerne til andre. Jeg
synes, at det er en pæn og nydelig måde, du har at stille
tingene op på, men den irriterer mig en lille smule. Du si-
ger hele tiden vi og os. Der er ikke en, der vil løfte en hånd
for at hjælpe dig, medmindre der er en fordel ved at gøre
det. — Og for min skyld må det gå fuldstændig som det
vil, det kan ikke blive værre. Jeg har nu været arbejdsløs i
8 måneder, skylder penge tilhøjre og tilvenstre, får tilsigel-
ser fra fogeden, sidder hver anden dag på socialkontoret
og venter i 4—5 timer. Værtinden her i pensionatet, der
var så elskelig, da jeg havde arbejde, prøver nu på at pro-
vokere mig til en uforskammethed, så hun kan sige mig
op. Og hun har ret i at gøre det, hun kan ikke betale sin
husleje med mine undskyldninger. Når man møder nogle
af sine gamle bekendte på gaden, har man dårlig fået sagt
goddag til dem, før de siger: Nå du gamle, jeg må se at
komme videre. Da jeg havde været arbejdsløs i 5 måneder,
slog min kæreste op. Hvad jeg så inderlig godt forstår, det

var jo ganske meningsløst for en pige som hende at være forlovet med en arbejdsløs kontorist, der ikke engang er i fagforening, fordi hans venner ikke syntes, at det var fint, dengang han havde arbejde. Og selv om jeg var så svineheldig, at jeg gik hen og fik noget at bestille, hvad så, du ved selv, hvad en kontormand tjener. Hvis man har arbejde hele tiden og måske endda har en chance for at fedte sig frem, eller albue sig frem, så ku' det måske gå, men når man først er 29 år og har været arbejdsløs i 8 måneder, så er det bundløst, håbløst. Næ, lad bare den forbandede krig komme, det må vel kunne give luft på en eller anden måde. I hvert fald giver det forandring. Det er altid noget.«

Poul gik med Nielsen op på hans værelse. Nielsen gik ud i køkkenet til værtinden for at udvirke to kopper kaffe. Poul så sig om i værelset. Kunne man ikke blive i trist humør af andet, kunne man da i hvert fald blive det af det værelse. Så man ud ad vinduet, så man en cementeret gård, med lastbilgarager, skarnkasser og pissoir, over gården lå baghuset, hvor han selv boede, tilhøjre lå en galvaniseringsfabrik. Gud ved, hvor mange forskellige, der i tidens løb havde boet på det værelse. På væggen hang tre forskellige billeder af kongen af Rom og et fotografi af et hotel i Hjørring. I det ene hjørne stod en grønmalet servante med vaskefad og kande af emalje, på den lille hylde ovenover lå Nielsens barbermaskine, kam, tandbørste osv. Det var ikke så underligt, at Nielsen foretrak at stå nede i porten.

Da Nielsen kom tilbage med kaffen, satte de sig til at snakke om pigebørn. Men nærmest som om noget forbigangent eller noget, der lå et godt stykke ude i fremtiden. Nielsen viste ham fotografier fra den tid, hvor han havde arbejde og tog på udflugter med sin kæreste. Poul havde set de billeder før, men så på dem igen af høflighed. Det var som om Nielsen intet andet ejede end de par amatørbilleder af en pige, der sad på en græsklædt skrænt i skoven og missede med øjnene mod solen eller lå i badedragt på Solrød strand. Der var også et noget ældre billede af et fodboldhold, Nielsen engang havde været på, Nielsen var nr. 3 fra venstre og markeret ved et lille kryds.

Lyden fra en radio i baghuset gik igennem, den spillede sangen om Larsen.

»Man er opdraget til at være hensynsfuld og beskeden,« sagde Nielsen.»Det er det, der ødelægger ens tilværelse. Man skal være hensynsløs, kynisk og koldhjertet. I en by som København er der chancer nok, hvis man bare ikke er så naiv og gå og vente på at de skal komme af sig selv. Man skal ikke stille sig pænt op i rækken og vente på, at det bliver ens tur, man skal gi' faen i reglementer og moral og i stedet bruge hovedet. Moralen er lavet af dem, der vil beholde chancerne for sig selv.«

Poul sagde ikke noget. Han sagde i det hele taget meget lidt. Han passede sin kontrol, sørgede for at være hjemme til spisetid, sad i timevis over en kop kaffe uden noget til i iscrembaren om hjørnet eller stod og hang i porten.

V

Lundegaard var lidt sløj ovenpå den foregående aftens begivenheder. Han sad og kiggede ud ad vinduet og vidste ikke rigtigt, hvordan han skulle tage situationen. Om han skulle være utilnærmelig eller angergiven. Det var ikke så ligetil. Han havde faktisk brugt af de inkasserede penge. Desuden kørte det på på alle leder og kanter, gasregningen nede fra forretningen var endnu ikke blevet betalt. De havde fået henstand med den som med så meget andet. Men hvad kunne det nytte med henstand, det blev jo aldrig bedre.

Fru Lundegaard talte slet ikke om det, der var passeret dagen før. Hun sagde noget om, at hun måske kunne få noget arbejde som hjemmesyerske. De talte lidt om det, men blev klar over, at de så måtte købe en trædesymaskine på afbetaling, det kunne jo ikke nytte noget med den gamle håndmaskine. Lundegaard tænkte, at kunne der skaffes et lån på et par hundrede kroner, kunne man komme alle plagerierne tillivs på en gang. Og så var man måske ude over det, og det ville kunne køre rundt.

Lundegaard vidste, at et sådant lån nok kunne skaffes. Med sikkerhed i møblerne måske, eller i den kaution, broderen og svogeren havde stillet. Selvfølgelig ikke i en bank, bankerne indlod sig ikke på sådant noget. Lundegaard kendte adressen på en pengeudlåner. Pengeudlånere og fosterfordrivere ved jo hele byen, hvor bor. Den københavnske elendighed har sin egen avertissementsavis, der ikke er kgl. privilegeret, men alligevel nok skal nå ud til kunderne.

VI

Hr. Salomonsen var husejer og lånte af og til lidt penge ud. Mod behørig sikkerhed. Han sad i sin pæne stol i sin p;ene stue og hørte roligt på Lundegaards forklaringer. Han gav sig egentlig ikke af med den slags forretninger, brød sig ikke om det, det blev så let misforstået, desuden hvad sikkerhed havde han for, at han fik sine penge igen. Han havde før gjort folk tjenester af den art og havde mange gange haft utak og fortrædeligheder til gengæld.

Lundegaard blev ivrig og indtrængende.

Hr. Salomonsen mente, hvad han sagde. Hvad sikkerhed havde han for at få sine penge igen. Hvad urimeligt var der i at beregne sig en avance, der stod i forhold til den risiko, han løb. Når folk søgte hans assistance, og gjorde det så ofte, var det fordi der var brug for den. Hr. Salomonsen kendte og elskede lignelsen om den utro tjener. Hr. Salomonsen var en god kristen. Hr. Salomonsen var en nyttig borger. Det var bankerne, der så med skæve øjne på hans virksomhed, og bankerne havde indflydelse på pressen. Hr. Salomonsen havde engang været en lille dreng, der havde leget i Søndermarken og fået på tæven af de andre drenge, fordi han var svagere end de og ikke forstod at hævde sig. Nu kunne det måske hænde, at en af disse drenge kom til ham. Dengang havde den lille Salomonsen bedt Fadervor hver aften, og selv om han ikke gjorde det mere, mente han i hvert fald, at det aldrig kunne skade. Til de store højtidsaftener gik hr. Salomonsen og hans kone, der tidligere havde været hans husbestyrerinde, i kirke.

Sikkerhed for sine penge måtte han jo have. Lundegaard havde troet, at kautionen kunne gøre det. Desuden havde han jo godt arbejde. Det var kun en øjeblikkelig forlegenhed. Desuden kunne han få sikkerhed i møblerne, de havde kostet mange penge.

Hr. Salomonsen så på sit ur. Han plejede hver eftermiddag at gå på billardsalonen og spille et parti med en eller anden af sine gode venner. Og bagefter måske en poker inde i værelset bagved. Hr. Salomonsen kunne godt lide at spille poker. Det var et fornøjeligt spil. Og han spillede forsigtigt.

Lundegaard anstrengte sig for at finde flere objekter, der kunne give hr. Salomonsen den ønskede sikkerhed. Det eneste faste kontante i deres fattige tilværelse var Annas gage. En gageforskrivning. Det ville hun aldrig gå med til, Anna. Han kunne måske alligevel få et lån i en bank, hvis broderen og svogeren kautionerede. Nu havde de jo kautioneret en gang. Han huskede deres miner, deres noble forargelse over, at han misbrugte familieskabet på den måde. Han ville ikke bede dem engang til. Han måtte have det lån af hr. Salomonsen og så få det ud af verden igen hurtigst muligt. De 200 kr., der kunne gøre slut på alle hans fortrædeligheder, lå i hr. Salomonsens tegnebog, lige der indenfor vesten. De kunne vandre over i hans lomme og gøre en ende på bekymringerne. Han havde jo brugt af de inkasserede penge.

Hr. Salomonsen tænkte grundigt over ordet Gagefor-skrivning, og satte sig så hen til skrivebordet og satte nogle dokumenter op.

På hjemvejen gik Lundegaard ind på Hovedbanegården og satte Annas navn under det ene af dem, hun ville jo alligevel aldrig få det at vide.

VII

Når man talte med folk, sagde de allesammen: Krigen kommer, — det kan vare kort eller længe, men det er sikkert, at det ender med krig. Men på bunden nærede en del af dem en mystisk tro på, at så langt kom det nok alligevel ikke. I hvert fald indstillede de sig ikke på, at den kom.

Der var grupper, der ønskede krigen. Deprimerede arbejdsløse, folk, der sad i vanskeligheder til op over begge øren, uovervindelige vanskeligheder, og kun holdt sig oppe ved betragtningen: Hvordan det hele ellers spænder af, står solen jo alligevel op hver morgen og går ned hver aften, folk der frygtede, at det begåede underslæb inden længe ville blive afsløret, små folk, for hvem besværlighederne voksede fra dag til dag og somme tider overvejede selvmordet som den eneste løsning, — og så spekulanterne selvfølgelig.

Det var i disse dage, at en kendt redaktør af et blad i København skrev, at en rask lille krig ville virke forfriskende, skabe omsætning, produktion, arbejde til ledige hænder, fortjeneste. Der var en mand på en sporvogn, der sagde: Hvis vi bare var sikker på at blive holdt udenfor som under verdenskrigen, må den gerne komme. Jo før jo hellere. Husker du København 1915—16, da var livet værd at leve. Og han nynnede en melodistump fra dengang: Så solder vi den hele lange nat. — Det var en velklædt mand, en pæn mand med et tilforladeligt udseende og venlige øjne.

Der var folk, der hadede og frygtede krigen og som så krigsforberedelser allevegne. Når der skulle bygges en bro, anlægges en vej, når der blev arrangeret flyvestævner, militæropvisninger om søndagen, for at jensernes familier kunne se, hvor dygtige de var, og hvor storartet de havde det. Der var pacifister, der sagde, at man skulle nægte soldatertjeneste, og folk fra arbejderbevægelsen, der sagde, at man skulle vende våbnene den rette vej.

Samtalerne omkring Lundegaard drejede sig i denne tid meget om krigen, der nærmede sig. I firmaet, på beværtninger, hvor han drak en bajer for at varme sig, med tilfældige bekendte, han mødte. Hjemme talte de aldrig om den slags. Der stod jo så meget i aviserne om oprustning allevegne. Bladmanden på hjørnet, der var kommunist, sagde, at når dampskibsaktierne steg, ville krigen komme. Børshajerne vidste besked, der var penge at tjene på krigen. Men man havde jo andet at tage vare på end at følge kurserne på dampskibsaktier. Lundegaard følte det nærmest som noget, der ikke vedkom ham. Nu kunne han få de penge og få de værste kvaler fra hånden.

Det var blevet mode at tale om den kommende krig, på samme måde som man talte om vejret, om ulykkerne og om seksdagesløbet. Man affyrede de gængse bemærkninger. Man fulgte de hævdvundne regler, afleverede de kloge, flade betragtninger over døgnets aktuelle, som ingen modsagde. Man talte aldrig ærligt, selvstændigt, man havde nemlig ingen mening. Hvorfor skulle man ulejlige sig med det, man kunne jo hente den i avisernes ledere. Samtalerne var i det store og hele en udveksling af kloge, reglementerede bemærkninger. Var det en jernbaneulykke: Skrækkeligt. De stakkels efterladte. Var det en korruptionsaffære: Utroligt at mennesker med en fast rigelig indtægt bærer sig sådan ad. Man må håbe, de får en ordentlig straf. Men de slipper vel med en bøde, eller bliver lukket ud af fængslets bagdør. Havde det været en fattig mand, der havde stjålet brænde, så det nok anderledes ud. Var det krigen: Det er givet, at der kommer en ny krig. Så længe der er to mennesker på jorden, vil der være krig.

Det var nærmest, som om enhver gik og dækkede sine virkelige tanker, sin egen lille private tilværelse, bag dette skjold af gængse bemærkninger. Når alt kom til alt, vidste man ikke meget om hinanden. Man levede side om side dag ud og dag ind uden egentlig at kende hinanden. Det var vel egentlig en fordel ved de konventionelle bemærkninger, at man aldrig udleverede sig selv. Der var ingen, der vidste, at fru Lundegaard af de sparsomme husholdningspenge betalte kollekt til Nazaræerne, ingen, der vidste, at Lundegaard var regelmæssig kunde hos pigen i den lilla dragt, der altid, i hvert fald efter mørkets frembrud, stod på hjørnet af Vesterbrogade, ingen, der vidste, at Poul gik med planer om at flytte hjemmefra og tiltvinge sig adgang til at leve livet, om fornødent ved metoder, der i loven takseres til fængsel.

Og om Anna vidste man ikke, at hun hver morgen, når hun kørte til magasinet, forærede sin madpakke til den gamle kone, der sad ved kirken, og at hun købte smukt belagt smørrebrød i en forretning, smørrebrød, der kunne tåle, at kammeraterne så det. Om Anna vidste man i det hele taget meget lidt. Hun var altid venlig i sin opførsel mod forældrene, men fortalte aldrig noget om sig selv. Hun kørte om morgenen, kom hjem til middag og forsvandt igen. Hun sov i spisestuen, Poul sov i køkkenet, hvornår hun kom hjem, var der aldrig nogen, der lagde mærke til.

ANDET KAPITEL

I

Elskværdige udlændinge har kaldt København: Nordens Paris. Det lyder godt, men passer dårligt, København er København. Den er en by som alle andre byer, og den er en by, der er noget ganske for sig selv. Så absolut egenartet. En menneskelig boplads på en ubetydelig ø i et ubetydeligt land, smukt placeret ved et blåt, saltfriskt sund og nogle stumper gammel eventyrskov med hjorte, vildnis og frie sletter.

Den er stenbro og lejekaserner, asfalt og taxachauffører, parker med fugleliv og legende børn, nogle triste, rektangulære søer med kunstige fugleøer, banale, grimme broer og skrigende måger. Den er Tivoli og Langelinie, den er flådebesøg fra fremmede stormagter, engelske arbejdere i matrostøj, tyske arbejdere i matrostøj, amerikanske arbejdere i matrostøj; den er byen, der figurerer under posten: Alimentationsbidrag i den engelske stats husholdningsbog, den er grosserer Hansens datters bryllup, den er amatørsociety, hvis gallapåklædning refereres i pressen, — flødefarvet milanaise og lysegrønt taft —, den er pærekøbing, og den er storstad.

Den er lossepladser og kolonihaver, den er badestrande og fæstningsanlæg, der er sløjfede, og nogen, der ikke,er det, den er et strategisk punkt på det handelspolitiske europakort og på det militære, den er byen, der lovprises for sin sociale forsorg, og byen, der er berygtet for sin behandling af forældreløse børn, den er byen, der bygger lagkagehuse og stærekasser, men benytter en samling barakker ved et gasværk til tuberkulosehospital.

Dens tale er stilfærdig, men ikke farveløs. Der er ingen bloddunster i dens atmosfære, men sved og tårer.

En skøn by. En herlig by.

En februaraften som denne, hvor tusmørket lægger sig blødt og forsonende over de grå stenhuse og får konturerne til at blåne, når lysene netop tændes hist og her, når vesthimlens røde aftenskær farver og forskønner og byen synes at falde til ro inden den sene aftens jagt efter forlystelser, — — men tusmørke og aftenhimmel har jo for resten alle byer. Hvad er det da, der giver København sin charme og sin egenartethed. Dens kvinder er hverken særlig kønne eller særlig grimme, gadens evigt glidende strømme af mennesker er hverken særlig luvslidte eller særlig velklædte. Restaurationerne er ikke særlig interessante, og gamle bygninger har vel de fleste byer.

— — —

København er en pæn by. Den er 800,000 kæmpende og stræbende mennesker, den er en karrusel, et lykkehjul, et lotteri med tusinder af nitter og enkelte gevinster.

— — —

En februaraften som denne, hvor tusmørket forskønner menneskene og stenene, hvor Vesterbrogades asfalt ligger blankslidt af automobilgummi, spejlblank i skæret fra det stærke, elektriske lys og de mange lysreklamer, hvor Lundegård og hans kone er ude at se på trædesymaskine, hvor Anna med lidt for røde læber ekspederer i magasinet, hvor Poul og Nielsen sidder og hænger i iscrembaren, hvor hr. Salomonsen spiller billard oppe i salonen, hvor pigen i den lilla dragt er ude at gøre indkøb, — en sådan aften synes København munter, farverig og smuk.

I sit stille sind synes Lundegaard godt om hr. Salomonsen. Han har været venlig og forstående, han er en pæn mand med et rart udseende. Lundegaard føler nyt mod på tilværelsen. Det skal nok gå. I løbet af nogle måneder er pengene tilbagebetalt, nu har de jo mulighed for at tjene lidt mere ved hjælp af trædesymaskinen, i virkeligheden har han været klog og beslutsom i en vanskelig situation, nu er vanskelighederne klaret og den nærmeste fremtid ligger, om ikke lys, så dog nogenlunde tålelig foran dem.

II

En aften kom søster Rebekka på besøg. Rebekka var en af Nazaræerne. Hendes liv var en evig vandring mellem brødre og søstre i Herren, en evig inspektion fra det ene menighedsmedlem til det andet. Hvert sted drak hun kaffe og tilfredsstillede sin naturlige nysgerrighed.

Når søster Rebekkas sortklædte magre skikkelse viste sig i landskabet, skyndte man sig at lægge ansigtet i de rette folder, salmebogen, Nazaræernes lille røde salmebog blev anbragt på et iøjnefaldende sted og kaffevandet sat på gassen. I smug undersøgtes den slatne portemonnæs indre, og hvis det lod sig gøre, sendte man en af gårdens unger efter brød.

Når så kaffen var skænket, og søster Rebekka havde ladet sine ransagende øjne glide over stuen, kom den fromme kvindes selskabstalent for dagen. Hun kunne fortælle. Hun vidste alt om alt og alle. Det vigtigste nyt blev fremsagt i dæmpet, fortrolig tone.

Søster Rebekka syntes ikke om dette kvarter, dets trappegange, baggårde og beboere. Der var noget selvpinende ved hendes besøg, der gav hende en art tilfredsstillelse. Søster Rebekka var født i et kvarter med brede gader, brede hovedtrapper og portner i kælderen.

Allerede gaden mishagede hende. De sølede rendestene, de beskidte unger, de skidne facader, der ikke havde set kalk siden huset blev bygget, men til gengæld var overbroderet med inskriptioner tegnede med kridt af forvovne barnehænder, den fugtige og mørke port, de overfyldte skarnkasser, den smalle stinkende trappe, hvor lyset ikke kunne brænde, alt dette fyldte hende med ærlig væmmelse.

Fru Lundegaard var ikke glad ved besøget. Hun var ved at stryge og ventede desuden Lundegaard hjem, hvad øjeblik det skulle være.

Hun fik sat kaffekanden over og sendte et af trappens børn af sted med sin sidste femogtyveøre efter brød.

Rebekka kom vel endelig ikke til ulejlighed; hun var tilfældigt kommet forbi. Gud leder menneskenes veje, føjede hun til med et varmt smil.

Mens de sad ved kaffen, kom Lundegaard hjem. Han skævede til wienerbrødet, sagde tvært goddag og satte sig ved vinduet med en avis.

Der kom en treven passiar i gang. Rebekka havde en indsamlingsliste til missionsarbejdet. Lundegaard tænkte, at pastorinden jo havde en bil, der kunne sælges, men ville ikke sige det, selv om han nok havde lyst. Han mærkede, at hans kone var ved at glide ind i alt det der. Han forstod det ikke, men ville ikke blande sig i det. Han havde nok i sit eget, det var ham det hele hvilede på.

Rebekka begyndte at tale om kirken, der skulle bygges, om budskabet, der ville nå ud over hele jorden. Biblen forudsagde det, ord for ord. Den forudsagde også krigen, der ville komme. Med sin milde stemme citerede hun skriftsteder.

Fru Lundegaard fulgte hende ud.

— — —

Da Fru Lundegaard kom ind igen, gav hun sig straks til at stryge videre. Nu havde hun jo meget at gøre, al den smule tid, der blev tilovers, måtte hun sy. Hun havde fået briller. Det gjorde hende ældre, men det var jo ligegyldigt. Religionen gav hende trøst for de uopfyldte ønsker. — Og ro.

Mens hun strøg, snakkede hun. Noget nyt sker der jo altid. Grønthandlerens kone havde fået håret farvet og Pouls bekendt, Nielsen fra pensionatet i forhuset, ham kontoristen, havde fået arbejde som billardmarkør. Lundegaard kendte ikke Nielsen, men spekulerede en hel del på Poul. Hvorfor var det ikke Poul, der havde fået arbejde, tænkte han.

III

På billardsalonen morede man sig storartet over en lille pudsighed. Olsen havde ringet til Svendsens kone for at spørge om Svendsen var hjemme. »Næ,« svarede konen, »min mand er oppe i billardsalonen.«

Nielsen rejste kegler, talte points og skrev af på tavlen. Det hele var egentlig meget simpelt, men når man havde stået en 5—6 timer og markeret, var man ved at blive idiot, — og øm i fødderne selvfølgelig. Kun sjældent forefaldt der noget oplivende. Efterhånden som det gik mere automatisk for ham at rejse kegler og tælle, fik han tiden til at gå med at betragte de spillende. Når folk spiller, viser de fleste sig i hele deres hjælpeløse nøgenhed, de ærgrede sig åbenlyst, når modstanderen havde held, og hoverede pralende, når det flaskede sig for dem selv.

Ovre ved vinduet sad en mand og drak. Han så ikke ud til at tænke på noget som helst, sad bare og drak. Hver gang han havde tømt sit glas, rakte han en finger i vejret til tegn på, at tjeneren måtte komme med en genstand til. Det foregik ganske mekanisk, med maskinmæssig præcision.

Enhver klike dyrker sine menneskeidealer og stræber efter at komme til at ligne dem. Her gjaldt det om at have forstand på sport. Ikke i den forstand, at man skulle kunne udøve sport, men man skulle kende sportens udøvere og deres præstationer. Først og fremmest trav og galop, cykelløb, alle de felter, hvor spil og sport er knyttet til hinanden. Hvis man ville hævde sig indenfor dette miljø, måtte man kende disse sportsgrene og kunne sige noget om dem. Om så Afrika sank i havet, ville det næppe være samtalestof her; her var rammerne for fornuftig tale afstukket, og de var snævre. Dag efter dag talte man om det samme. Under spillet kom man med bemærkninger, men altid de samme bemærkninger. Til hver enkelt situation svarede en bemærkning, og intet var mere sikkert end at bemærkningen ville falde. De samme bemærkninger år ud og år ind. Det hørte med til Nielsens nye job at lære disse bemærkninger. Første gang man hørte dem, kunne de være morsomme, ironiske, men når man havde hørt dem nogle gange, lød de komplet åndssvage. For andre end billardspillere ville disse udtryk være uforståelige, det vrimlede med udtryk, der kun kendes af indviede.

Time efter time talte Nielsen points og skrev af på tavlen. Manden ved vinduet tømte stadig det ene glas efter det andet. Hans sko var våde og snavsede som om han havde gået hele dagen op og ned ad gaderne i regnen og sølet. Han var begyndt at sidde og småsnakke med sig selv, hans øjne var blevet stive og han sad og virrede med hovedet, som om tilværelsen fyldte ham med den største forundring. Hvad han måske gjorde rigtigt i, tænkte Nielsen. Han stod netop og undrede sig over sig selv. På kontoret havde han haft et ganske bestemt ideal, han stræbte efter at komme til at ligne: En ung smart forretningsmand, hurtig, livlig, energisk, en mand med karriere for sig indenfor forretningsverdenen, der enten endte med at starte sin egen forretning, der konkurrerede chefens sønder og sammen, (kapital kunne han sagtens skaffe, alle firmaets forbindelser var klar over, at han ubestrideligt var en dygtighed og undrede sig over, at chefen ikke kunne se det og for længst havde gjort ham til førstemand), eller han blev af en af firmaets forbindelser anmodet om at overtage en vellønnet stilling med rejser i udlandet, vigtige konferencer og sådan noget. Da han så blev arbejdsløs, havde hans ideal skiftet karakter, og nu som markør havde det igen skiftet. Han tænkte på, at hvis nogen af hans tidligere idealer kom her som gæster på billardsalonen, ville de forekomme ham latterlige, hvis de ikke kunne spille billard og havde forstand på travsport. Det vil altså sige, at hvis man tager et menneske og slipper ham løs i et bestemt milieu, udkigger han sig straks et ideal og går i gang med at komme til at ligne dette. Tvinges han af omstændighederne ind i et forbrydermilieu, stræber han efter at blive den skrappeste forbryder, den hårdeste hund, den mest hensynsløse og kyniske. Slipper man ham ind i et kloster, forsøger han at arbejde sig op til at blive den flittigste og hæderligste, — forudsat altså, at klosteret er, som det burde være.

Nu var manden ved vinduet sunket sammen, hovedet lå mod bordpladen. Klokken var 11. Det ville være herligt, hvis de to idioter, han stod og markerede for, snart ville holde op. Nu havde de spillet »sidste pot« otte gange. Han trængte voldsomt til at hvile sig lidt, til at vaske sine hænder, få en kop kaffe og en smøg og sidde ned og hvile de ømme fødder. Han så sig om i lokalet for at se, om der sad nogen aspiranter til hans billard, noget af det værste var at blive optaget med det samme igen, når man havde stået så mange timer. Ja, der sad sgu den lille Andersen ved siden af musikeren fra det Kgl., det skulle såmænd ikke undre ham, om de sad på spring for at komme til. Han skulede ondskabsfuldt til dem. Det var måske alligevel klogere, hvis man kunne holde dette parti gående lidt længere, så at et andet billard blev ledigt først. Man kunne gøre meget til det selv. Særlig når spillerne havde sagt sidste pot som her, så kunne man bare tage ballerne, når potten var færdig og gå med dem, og derved måske lukke munden på den af spillerne, der havde tænkt på at foreslå en pot til. Hvis man ønskede, at partiet skulle fortsætte, lagde man ballerne i stilling og lod, som om det var ganske givet, at der skulle spilles videre, — det kunne friste dem til at fortsætte.

Han besluttede sig til om muligt at forlænge partiet. Særlig den lille Andersen var kedelig og en dårlig betaler. Musikeren var for resten heller ikke for køn. Han var forfærdelig at høre på; når han tabte, jamrede han sig, så det var til at få ondt af.

I dette øjeblik hændte det, der gjorde, at Nielsens ansigt først blev farveløst og derefter blussende rødt. Fire personer havde gjort deres entre i lokalet, to unge mænd og to piger. Det var tydeligt, at alle fire var halvt berusede. Den ene af de unge piger var Nielsens tidligere forlovede, hende der havde slået op, da han havde været arbejdsløs et par måneder.

De havde straks set hinanden og straks kendt hinanden. I første øjeblik var begge chokeret over at træffe hinanden under disse omstændigheder. Nielsen stirrede stift på keglerne, der flimrede for hans øjne. Han holdt krampagtigt fast ved tallet 18. Og her 4 til, — toogtyve. Ægte rødt, seksogtyve. Han havde bildt sig selv ind, at hun ikke længere betød noget for ham, og nu slog hjertet, så han havde ondt ved at få vejret. Eller var det fordi, hun så ham i denne situation, som markør. Ham hun var sammen med, det var vel hans efterfølger, en bleg slapsvans, der skrålede: »Tjener, hr. tjener. Hr. overtjener.« Skulle han virkelig være mindre værd end det fjols. Hans selvfølelse krympede sig. Han så ikke op, men vidste, at hun stirrede på ham. Hele salonen måtte have lagt mærke til det, det var ikke til at holde ud. Han talte galt, spilleren gjorde vrøvl. Nielsen følte atter blodet i kinderne og tåge for øjnene.

Da han havde været ved tavlen for at skrive af, skottede han over til bordet, hvor de sad. De var meget livlige, støjende. Hun var den livligste. Hendes latter lød påtaget.

Nielsen stod og fik ondt af sig selv. Hvorfor skulle han påny ydmyges, han var blevet ydmyget nok. Kunne snart ikke mere. Hans mindreværdsfølelse var ved at kvæle ham. Regner man da kun et menneskes værd efter hvad han er, hvor mange penge han tjener. Han huskede pludselig sin nye indstilling, den der ikke var hans egen, men som han måtte tilegne sig, hvis ikke alting skulle gå i fisk for ham. Han skulle skaffe sig social position og rigelig indtægt, ligegyldigt hvordan han så skulle bære sig ad med det. Så ville hun forsøge at komme og gøre det godt igen. Og han ville være venlig mod hende, men lade hende forstå, at han ville blæse hende en lang march.

Så følte han, hvor naive disse tanker var, og begyndte at spotte sig selv, som han havde for vane. Det var jo latterligt. På den anden side, sådan var livet jo. Der var ingen tvivl om, at hvis hun havde truffet ham under andre omstændigheder, hvis han var blevet til »noget«, havde hun følt sig som den lille og angret, at hun havde gjort det forbi, forsøgt at gøre det godt igen.

Der var ingen billarder, alle var optaget, og da de fire havde drukket en genstand, gik de igen, stadig meget støjende.

— — —

Partiet var færdigt, — uden at Nielsen havde gjort forsøg på hverken at forlænge det eller afkorte det. Andersen og musikeren lod alligevel ikke til at ville spille. Klokken var snart 12, en del af gæsterne var gået. Tjeneren og værten konfererede om ham, der sad ved vinduet og sov. Tjeneren gik hen for at vække ham under almindelig opmærksomhed fra de andre gæster. Manden vågnede, løftede hovedet med et rask sæt og så sig forvirret om. Men hvordan var det dog, hans ansigt så ud. Han havde jo ingen næse. Og hvad var det, der lå på bordet: Det var jo næsen.

Hver eneste i salen havde set på optrinnet med åben mund, tjeneren stirrede forbløffet på manden uden næse. Det havde han dog aldrig været ude for før.

Pludselig blev manden klar over situationen. »Hvor er

min næse,« mumlede han. »Den ligger på bordet,« svarede tjeneren høfligt. Det var en kunstig næse af et eller andet mærkeligt stof. Nielsen mindedes, at Tycho Brahe havde haft kunstig næse.

Manden satte næsen på plads, betalte og slingrede, usikker og beruset, ud af døren.

Der var blevet helt stille i salen. På alle billarderne havde man standset spillet. Pludselig brast en i latter, og et øjeblik efter lo alle af fuld hals.

IV

Sådan er februar. En middagsstund tror man, at foråret er på trapperne. Solen har varmet på Lundegaards sovekammervindue, så hyacintløget er sprunget ud. Det skære blå er brudt igennem, det ser så kraftigt, levedygtigt ud, som kunne det sprænge lænker for at skaffe sig adgang til lyset, til verden og livet.

Spurvene kvidrer forår.

Og så næste morgen ligger byen hvid af tung tøsne. Snekasterne får igen lidt at gøre.

Og et par dage efter er det klingrende frost. Med bidende kulde og parkerede biler med tæppe på køleren.

Så standser snestormen trafikken, damperne forsinkes og er overisede, når de kommer i havn.

Atter tø. Med snelaviner, der vælter ned fra tagene.

Sådan er februar. Skiløbere i Dyrehaven, hættemåger over Gl. Strand, karneval, og is på søen i Ørstedsparken. Dagen er forlænget med næsten to timer, bankerne udsender årsberetning og den engelske konge er blevet udnævnt til admiral i den danske flåde.

»Krigen i Afrika og oprustningen skabte et fremgangens år«, siger Handelsbankens årsberetning. Køge Gummi giver 15 pct., krisens tryk formindskes, hvorfor skulle ikke hofmarskallatet også have travlt.

31

I en skakt af slimede, grå sten er en blå hyacint sprunget ud. Fru Lundegaard har nok set det, men hun er for træt til at opfatte det. Hun har drømt, at hun har syet hele natten. Og da hun vågnede, var hun træt. Nu skulle hun til at sy for alvor.

Sådan er februar. Der sker ikke noget særligt.

Og så pludselig sker der alligevel noget.

Noget der gør ondt.

Om morgenen stod Pouls seng urørt, og om formiddagen kom en mand fra politiet og ville tale med Lundegaard, der lige var gået. Han talte med fru Lundegaard en time, og da han gik, var fru Lundegaards ansigt rødt og hovent af gråd. Hendes dreng, hendes kære dreng.

V

Poul gik op og ned ad gulvet i en celle på Politigården. Han havde taget en beslutning, vovet en indsats og tabt. Var det gået godt, havde han nu haft penge på lommen, måske mange penge. Han havde kunnet leje sig sit eget værelse, købe tøj. Adgang til alt det, der betød livet. Han ville kun have gjort det denne ene gang. Han havde overvejet og overvejet.

Hans kammerat havde de også taget. De havde truffet hinanden i iscrembaren. En dag var de gået en tur sammen, en lang tur, gennem Frederiksberg Have og Søndermarken. De blev enige om at gøre forsøget. Kammeraten havde prøvet det før. Han havde erfaring. Det var ham, der havde lagt planen. Poul skulle stå vagt udenfor cigarforretningen. Det var et øjebliks sag. Når man brugte sin forstand, var risikoen minimal. Og så var man ude af besværlighederne med et slag. Han havde skaffet oplysninger. Et par hundrede kroner lå der i kassen natten mellem fredag og lørdag.

Poul er ked af, at det gik galt, for de gamles skyld. Han

har handlet efter sin bedste overbevisning. Han ville også leve livet. Var der måske nogen udsigt til at få arbejde? Han havde taget sin beslutning, og det var gået galt. Det var det hele.

Nu kom det vel i aviserne. Det var synd for de gamle. Men ingen kunne forlange, at han skulle blive ved på den måde. Sidde i iscrembaren, gå til kontrol, sidde på socialkontor, stå i porten. Nu havde Nielsen jo fået arbejde. Der var ikke noget at bebrejde ham. Han fortrød ikke noget, men var ked af, at det var gået galt. For de gamles skyld. Ellers var han sgu nærmest ligeglad.

Når han om aftenen var gået en tur ned ad Vesterbrogade og Strøget, havde han set andre unge komme fra biografer og restaurationer. Velklædte, med deres piger. Poul vidste, at pigerne ikke så til de arbejdsløse. De gik selvfølgelig ud med dem, der havde arbejde, havde flotte slips og kunne invitere dem på restauration. Naturligvis. Pigerne tjente jo ikke noget selv. Og de ville også leve livet. Sådan var det jo også gået Nielsen.

VI

Lundegaard blev ikke forundret. Det var ligesom han havde mistet evnen til at blive forundret. Og han var træt af at spekulere. Det hele var såmænd ikke så vanskeligt, man skulle bare lade stå til. Ikke tage det for højtideligt, et par halve kaffe klarede tankerne. Man gik bare og tog alt for tungt på det.

Og så pludselig væltede det sig ind over ham. Al fortvivlelse, al angst for alt det, der var imod ham, og som han søgte at klare sig fri for ved krampagtig at lade ligegyldig. Han talte højt med sig selv på gaden.

Pludselig sad han på en bænk inde i Kongens Have og hulkede som et barn. Og græd, med dirrende læber og feberhede øjne. »Jeg kan ikke mere, jeg kan ikke mere«, stødte han frem, som om det alligevel hjalp ham lidt at kunne sige det højt. »For helvede, jeg kan jo ikke mere«.

Når så anfaldet var ovre, drak han, og når han var blevet fuld, betroede han alle mennesker, at han var ravende ligeglad. Det var sgu ikke så underligt, hvis nerverne ikke var så gode, efter alt det med forretningen og det der. Men han skulle nok klare det. Bare rolig.

Å, den satans knægt, den forbandede —. Og nu var det jo så småt begyndt at gå. Hr. Salomonsen var alligevel flink og forstående. De blev alligevel nødt til at bruge Annas gage til at betale huslejen med og der var jo ikke kommet rigtig gang i syningen endnu. »Hvad. Allerede første afdrag,« havde hr. Salomonsen sagt. »Kan De da ikke betale noget af det.« Det kunne Lundegaard ikke og så havde han bare måttet underskrive et nyt lånebevis. Og hr. Salomonsen havde set venlig ud og sagt til ham: »Det går nok. Men De må selvfølgelig sørge for at passe de månedlige afdrag.«

Han skulle nok klare det, bare han kunne få bugt med nerverne. Det var bare en overgang. Men han måtte have noget at drikke. Ellers blev han tosset. Han brugte faktisk flere penge, end han måtte. Også af de inkasserede penge, også af Fru Lundegaards penge. Han måtte jo for enhver pris holde den gående, indtil alt det her var drevet over. Det var jo ham, det hele hvilede på.

En dag havde han været så fuld, at to fremmede havde fulgt ham hjem. Fru Lundegaard havde grædt. Han selv var så fuld, at han ikke kunne gøre indsigelse mod, at fru Lundegaard klædte ham af og lagde ham i seng. Dagen efter sagde han noget om nogle soldaterkammerater, han havde truffet. Og sådan set, hvis et mandfolk ikke en gang imellem tog sig en ordentlig en, var han sgu ikke noget mandfolk. Det var der vel ikke noget at sige til. Han var jo manden i huset, ham det hele hvilede på.

Og så kunne han pludselig slå om, og bede hende, der

havde delt hans livs besværligheder, om tilgivelse. Græde som et barn, medens hun strøg ham over håret og sagde: August.

Så besluttede Lundegaard, at nu skulle det være løgn. Han mærkede, hvor det hele var ved at drive hen ad, men det måtte ikke ske. Han ville tage sig sammen. Det var ikke så let, man var jo ikke nogen ung mand længere, men det skulle gøres. Og der var kun en måde, det kunne gøres på. Være energisk, tjene nogle penge, spare, undgå spiritus.

De besøgte Poul i fængslet og havde ekstraforplejning med. Da de gik derfra, var det en af disse februareftermiddage, hvor solen skinner, og de var slet ikke i dårligt humør. Drengen så jo ud som han plejede og han kom vel snart fri igen. Det var jo sådan halvt om halvt en fejltagelse, en forvildelse. Noget han havde lavet i desperation. Han var jo ikke nogen forbryder.

Og så dagen efter var det hele så fortvivlet igen. Selvfølgelig ville han blive straffet. Lundegaard forsøgte at gøre sig stærk. Vejret var igen slået om. Sjap og kulde. De hjemløse gik med jakkekraverne slået op, blåfrosne hænder i lommerne og gennemblødte sko, omnibusserne sprøjtede kaskader af skiddent vand op på fortovet. Lundegaard kørte på sin cykel fra adresse til adresse. Hans benklæder var gennemblødte og gabardinefrakken kunne ikke holde kulden ude. Alligevel skulle det nok gå, bare man holdt ud. I aften ville han købe lidt blomster med hjem, selv om de var så dyre på denne årstid. Det ville ligesom bringe lidt optimisme ind i de mørke stuer.

VII

Nu mangler der bare, at Anna skal have et barn, for at gøre elendigheden komplet, tænkte Lundegaard. Min kone religiøs, min dreng i fængsel og jeg selv på vej til at blive tosset.

Men Anna skal ikke have noget barn. Der er ikke noget i denne verden, der er fuldkomment, end ikke elendigheden. Anna skal aldeles ikke have noget barn, Anna har alligevel skaffet sig så megen viden om det, de unge mennesker nu engang er henvist til selv at skaffe sig viden om, mens man håber, at de skaffer sig denne viden, uden at der sker for store ulykker. Nogen kommer godt fra det, andre går det ikke så godt.

Anna har siden nytår fået mere i gage uden at sige det hjemme. Hvis de vidste det, ville de forlange dem også. Hvis de andre skal bestemme over hendes liv, får hun ikke meget ud af tilværelsen. Anna er ikke egoistisk, hun vil bare have lov at være her. Hun vil gerne gøre de andre en glæde og giver dem gerne små pæne fødselsdagsgaver.

Hun går med en, der er noget på et lager. De går i biografen, somme tider i teatret. De danser meget og om søndagen tager de i Dyrehaven eller sådant et sted. De har aldrig talt om at gifte sig. Sidst på måneden må de gerne nøjes med at gå spadseretur, og så sker det, at Anna ikke har tid, der er så mange, der inviterer, og selv om hun godt kan lide lageristen, er det alligevel lidt trist at gå op og ned ad gaderne, hvis det er dårligt vejr.

Lageristen bor i et møbleret værelse. Anna har været der et par gange, men bryder sig ikke om det. Et kys i gadedøren tager hun ikke så højtideligt. Det får man ingen børn af.

Næ, Anna skal såmænd ikke have noget barn. Hvis hun en dag får det, er det fordi hun selv vil have det.

VIII

Så en dag Lundegaard er inde i firmaet for at gøre afregning, siger bogholderen til ham: »Det er sandt, chefen ville gerne tale med Dem.«

Lundegaard går ind til chefen. Chefen har handlet med

herrekonfektion på ratebetaling en halv menneskealder, og man kan se det på ham. Han sidder ved skrivebordet og ser ikke op. Han har travlt. Det er ikke som så mange chefer, der altid har særlig travlt, når nogen af personalet er kaldt ind. Denne her har virkelig travlt, det har han altid. Der er så meget, der kræver hans personlige deltagelse. Indkøb, kontrakter der skal belånes i banken, byretssager.

Lundegaard er lidt beklemt. Han tror nok, at han ved, hvad det gælder, men håber, at han tager fejl. Han ser på chefens røde nakke og tænker på, hvor mange år han selv har slidt og savnet for selv at blive chef. Først nu tænker han, Gud ved om der egentlig er så meget ved det, chefen ser aldrig glad ud. Men velnæret og velklædt er han, han mangler ikke noget.

Endelig ser chefen op. Han taler hurtigt og bestemt. Han ved alting og har sin bestemte mening om tingene. Den kan ikke diskuteres. Den er et halvt menneskelivs erfaring i herretøj på afbetaling.

En kunde har fået et rykkerbrev. Han har været inde i forretningen at gøre vrøvl. En rate, han har betalt, er ikke indført på hans konto. Lundegaard har inkasseret pengene og de er ikke kommet videre. Det er 14 dage siden.

»Jeg bryder mig ikke om den slags vrøvl,« erklærer chefen. »Det ødelægger forretningen og det er uorden. Jeg har jo ganske vist kautionen, men det er ikke så meget beløbet, det drejer sig om. Det må ikke gentage sig. Hvis det alligevel gør det, kan jeg ikke bruge Dem.«

Lundegaard siger noget om, at han manglede beløbet, da han skulle gøre afregning.

»Så skulle De have meddelt det. De kunne senere have indbetalt beløbet. Kundernes konti skal være i orden.«

Samtalen er forbi. Lundegaard kan gå. Han tænker på de andre beløb, der ikke er indbetalt. Han forstår heller ikke sig selv: Han har hele sit liv været en ærlig mand.

IX

Det er pudsigt nok, da han kommer ud på gaden, træffer han en gammel soldaterkammerat. Hvis han nu kommer hjem i aften, og fortæller det, vil fru Lundegaard naturligvis ikke tro ham. Man træffer jo da ikke sådan gamle soldaterkammerater hver anden dag. Og denne gang er det altså virkelig en gammel soldaterkammerat, toogfyrre, han hed vist Jensen.

De går hen for at få en lille en og sludre et kvarter om dengang. Nu er Jensen kranfører. Og har kone og barn. »Det gik sådan til,« siger Jensen, »at en ven af mig en aften skulle ud med en pige, der altid havde sin søster på slæbetov. Og de kunne aldrig slippe af med søsteren. Så skulle jeg med for at være kavaler for plageånden. Og så kan du tænke dig til resten, en dag fortalte hun, at hun skulle have en lille, og fordi jeg syntes, det var den nemmeste måde at klare historien på, giftede jeg mig med hende. Og siden har hun været min private plageånd. Barnet blev en pige, hun er femten år nu og næsten værre end moren. Skål.«

Egentlig skulle Lundegaard have været på vej hjem nu, men det er så hyggeligt at sidde og snakke lidt om gamle dage, alle hans besværligheder trænges i baggrunden. Det føles så velgørende, særlig ovenpå den historie med chefen.

»Ja, jeg har jo haft forretning,« siger Lundegaard, men kan så pludselig ikke komme længere. Det gør heller ikke noget, Jensen holder mere af at snakke end at høre. Så drøfter de forskellige kammerater fra dengang. Nogen har de truffet siden, andre har de aldrig set mere. »Der var jo ham Mølgård, bageren, du ved, han har fået egen forretning ude på Nørrebro.«

»Ham den lille tynde?«

»Han er sgu ikke lille og tynd mere. Han tjener godt, har bil og så videre. Han er godt kendt i travkredse.«

»Der er en bestemt slags bagermestre og slagtermestre, jeg ikke kan lide,« siger Lundegaard. »Det er ligesom de tjener deres penge for let. Og tjener for mange. Tænk, sådan er Mølgård altså blevet, hvem faen skulle ha troet det om det skvat.«

Lundegaard begynder igen at fortælle om, at han har haft forretning, men bryder så af og siger, at han må vist se og komme hjem.

Det vil Jensen ikke høre tale om, nu har de endelig truffet hinanden efter så mange års forløb, nu skal de sgu have det lidt gemytligt. »For du er da vel ikke under tøflen?«

»Næ,« siger Lundegaard, »det er jeg ikke, men der er så meget, forstår du.«

Det forstår Jensen godt. Vi har jo vores allesammen. Men det kan jo ikke nytte noget at gå og spekulere på det. Man er sgu nødt til at tage det fra oven af og nedefter. Skål igen, Lundegaard.

Senere, da de er blevet fulde, er det Jensen, der bliver sentimental. Han har det sgu ikke for morsomt. Hans kone har fine fornemmelser, de har fire værelsers lejlighed, der er fyldt med møbler, der har kostet mange penge, og som man dårlig tør se på, for at de ikke skal blive ridset. Når solen skinner, trækker de for vinduerne for at skåne bohavet. Datteren er blevet medlem af en ungdomsforening, hvor der er chance for at hun kan blive forlovet med en fra overklassen. Og hun skal læse videre. Jensen er sgu bange for, at hun en dag kommer hjem fra ungdomsforeningen og er kommet galt af sted.

Så kommer de til at snakke om krigen. Jensen mener også, at krigen kommer. Og så kan det hele jo egentlig være lige meget, for enten kommer vi til at tjene så mange penge og tjene dem så let, at vi bliver overklasse allesammen, eller også kommer vi med, og så er det jo sket. Der bliver ikke meget tilbage, når først de begynder med de mordredskaber, de har nu.

Så pludselig vælter det hele ind over Lundegaard igen. Han må have luft, og letter sit hjerte for Jensen. Han fortæller om forretningen, der gik nedenom og hjem, og inkasserede penge, der er brugt, om hr. Salomonsen, om Poul, der sidder på Vestre. Alt fortæller han til Jensen, alt det, der nager ham. Han fortæller også om Nazaræerne og om pigen i den lilla dragt.

Han kunne ikke betro sig om alt dette til sin kone, eller til Anna. Men et fremmed menneske betror man alt.

Jensen er pinlig berørt. Ligesom hvis man ser et nøgent menneske. Han bryder sig ikke om at høre om Lundegaards besværligheder. Han forstår pludselig, at den er gal med Lundegaard. Og prøver på at stive ham af. Siger det, man nu engang siger i sådan en situation, du skal se, Lundegaard, det går sgu nok.

Men nu vil Jensen ikke have mere at drikke. »Jeg skal nok betale,« siger han.

Ude på gaden siger han hurtigt farvel. »Hold dig munter,« siger han.

Det regner. Lundegaards cykel står nede ved forretningen.

Han vil også meget hellere gå hjem. Nu kommer han igen hjem på den måde. Har ikke været hjemme til middag. Er halvfuld. Mens hun sidder derhjemme og syr.

TREDJE KAPITEL

I

Fru Lundegaard mærker også, at foråret er ved at nærme sig. Der går ikke så meget brændsel til mere og nede hos grønthandleren kan man købe vintergækker og gule erantis. Hos grønthandleren kan man næsten få alting. Også petroleum og eksportfløde. Men man skal passe på ikke at komme til at skylde for meget. Alle skylder hos grønthandleren. Og der er jo det ved det, at når man får på kredit, gør man ikke vrøvl over priserne eller rynker på næsen ad varerne.

Anna mærker også, at foråret er ved at komme. Når hun kører til arbejdet om morgenen, står der en mand på hjørnet af Vesterbrogade og sælger grønne udsprungne grene fra en spand. Grenene er selvfølgelig ikke fra skoven, men alligevel. Desuden kommer der af og til en ubestemt længsel op i hende, når hun i magasinets frokoststue ser ud ad vinduet og ser de fede bladknopper, der er ved at sprænges, og stæren med de metalliske fjer, der skinner og glimter i solskinnet. Og når hendes tanker i et sådant øjeblik strejfer lageristen, føler hun at det alligevel ikke er ham. Selv om han både er pæn og flink og hensynsfuld. Bare han i det mindste engang imellem var hensynsløs. Han er altid så omsorgsfuld mod hende. Aldrig et glimt brutalitet. Nej, det er ikke lageristen, længslen gælder, det er overhovedet ikke nogen bestemt.

Marts er kommet. Lockouten er også kommet. Den har sat 125,000 mand på gaden, foruden de 140,000 der var i forvejen. Luften er blevet lunere, men føret er forfærdeligt. I rendestenene ligger sorte snebunker. Stærene har smidt gråspurvene ud af deres vinterlejligheder. Hos de store fiskehandlere ved Gl. Strand kan man se de første havsvin, der er fanget i Vesterhavet. Og små hunde fra pæne hjem er blevet trimmet og har fået fine nye dækkener på, for at de ikke skal fryse i forårskulden. Der er nok af kølige grå dage, men der er også dage, hvor alle vinduer mod syd smækkes op og hvor der er fuldt af mennesker på Langelinie og i parkerne.

De, der er fra landet, tænker, at nu er såningen vist begyndt og at nu skriger viberne over de grå pløjemarker. De, der lever deres liv indendørs, ser pludselig i almanakken en dag: Jævndøgn. Foråret begynder. Og gennem vinduet kan de se, at børnene nede på fortovet triller med kugler i solen. De attenårige kan ikke sove om natten og ude i byens periferi kan man om morgenen tidlig høre fugletræk.

Hver dag bringer nye undere. Raklerne er sprunget ud på Vestre Kirkegård og ude i zigeunervognene ved lossepladsen bor der folk, der har hørt den første lærke. Det er cykelsmedenes højsæson, fra gårdenes cykelskure hales ståldyrene frem, pudses og repareres, så niklen og lakken skinner i solen.

En enkelt dags tåge eller snefald kan ikke bortjage den jublende følelse af forår.

Alle meddelelser om krigsforberedelser kan ikke bortjage følelsen.

Al diskussion i dagspressen om giftgas, om de 10 kg. fosgen-gas, der er tilstrækkelig til at dræbe hele Danmarks befolkning, kan ikke bortjage forårsfornemmelsen.

Enhver venter sig noget godt af de måneder, der nu kommer. Nielsen spekulerer så småt på at købe et sæt tøj på afbetaling. Pigen i den lilla dragt lægger penge til side, en dag vil hun åbne en forretning eller sådan noget, selvfølgelig har hun også sine forårsdrømme og håber at komme ud af det hele. Hun har en gammel mor i Hobro, der tror, hun har en pæn stilling. Lundegaard venter sig også noget godt af den tid, de nu går ind i. Trods alt. Nu har han jo rettidigt betalt afdrag til hr. Salomonsen, selv om det holdt hårdt, og han har behændigt fået dækket nogle af de manglende poster ved at fortie nye indbetalinger. Han tror nok det skal gå alt sammen. Når bare hans kone og Anna ikke får noget at vide om lånet. Poul kommer vel nok snart hjem igen, og måske får han arbejde. Og Anna får måske nok snart mere i gage, en dag han spurgte hende om det, sagde hun, at det nok ikke ville vare så længe. Og nu til foråret bliver der gang i salget af herrekonfektion på afbetaling, der bliver mange nye kunder, der sikkert bliver lettere at få penge af, end dem han har i øjeblikket.

II

Og så en morgen har Lundegaard feber og kan ikke stå op. Sygekasselægen kommer op ad dagen. Han har jagende hastværk, farer lige gennem dørene uden at se til højre eller venstre, lige hen til sengen, hvor Lundegaard ligger, beder om sygekassebogen, gør nogle notater, medens Lundegaards temperatur bliver taget, kigger ham i halsen, skriver recept på nogle piller og er ude af døren igen som et stormvejr.

Og Fru Lundegaard, som har maset i flere timer for at huset kunne være pænt, når doktoren kom, står betuttet med recepten i hånden og hører ham rase ned ad trapperne. Han har jo ikke engang sagt noget om, hvad Lundegaard fejlede, siger hun. Jo, siger Lundegaard, han sagde influenza. Jamen hvordan kan han se det så hurtigt. Fru Lundegaard er helt forvirret. Lundegaard har jo haft influenza før. Det var mens de havde forretningen, dengang var de ikke i sygekasse, men i sygeforsikring, og lægen, der kom, var så nobel og havde så god tid, spurgte om alting, var deltagende og sagde de måtte endelig ringe efter ham, hvis feberen holdt sig. Og det var da også kun influenza.

Nu ligger Lundegaard der i de rene lagner, der er lagt på for doktorens skyld. Han er rød i hovedet af feber. I vinduet står den blå hyacint. Der er koldt i soveværelset og inde fra den anden stue brummer trædesymaskinen. Verden går jo ikke i stå, fordi Lundegaard bliver syg.

Når han før i tiden sådan blev syg et par dage, nød han det på en måde. Nød at ligge der og hvile, mens alle andre mennesker havde travlt, at fru Lundegaard puslede om ham og spurgte om han lå godt, at alle pligter var taget fra ham. Nød deltagelsen og bekymringen for hans velfærd, ikke så meget fordi de holdt af ham, men fordi det var ham, det hele hvilede på.

Denne gang nyder han det så sandelig ikke. Han er angst for, hvad der kan ske, mens han ligger bundet her. Inkasserede penge, der ikke er indbetalt, hr. Salomonsen som måske går til Annas firma for at hæve hendes gage, hvis han ikke når at komme op og skaffe penge til afdraget.

Han kan ligge to, højst tre dage. Ellers går det hele ad helvede til. Han må tage rigeligt med piller, få feberen til at forsvinde.

Nede i gården er der en, der skramler med en skraldespand, ellers er der så underlig stille. Det er stilheden, der gør ham nervøs, den gør, at han føler sig så hjælpeløs. Han ligger her som en fange, medens noget, han ikke er herre over, afgør hans skæbne.

Hele dagen spiser Lundegaard ikke noget, og om aftenen er hans temperatur steget. Om natten driver sveden af ham. Fru Lundegaard ligger ved siden af den halvtredsårige, svære mand og ser pludselig sin tilværelse i et lys så skarpt som aldrig før. Hun ligger ved siden af en ubehageligt svedende mand, en mand hun for mange år siden er blevet gift med og som hun har fået børn med, en mand som alligevel egentlig er en fremmed. Hun ved ikke en-

gang, om hun nogensinde har elsket ham, hun har må-
ske engang troet, at hun gjorde det. Hun mindes dunkelt
nogle billeder fra deres forlovelsestid, en spadseretur på
Prinsessestien og en gang i Tivoli, mens Lundegaard var
soldat. Hun var ked af at være i huset og han havde så
meget, at han kunne åbne forretning, han var dygtig og
en pæn, ung mand dengang, og hun tænkte, at forretnin-
gen sikkert ville komme til at gå godt og åbne adgang til
alt det, hun drømte om, alt det, hun dengang syntes ville
gøre livet værd at leve. Det var egentlig hende, der havde
giftet sig med ham. De havde aldrig haft tid til at være
noget for hinanden, måske havde de heller aldrig følt no-
gen trang til det. De havde begge to levet for forretningen.
Måske havde de aldrig elsket hinanden, da ikke på den
måde man læser om det i bøgerne. Ja, der var den gang
på Prinsessestien, de lå nede ved Voldstedet og så ud over
Furesøen. Han havde taget jakken af og lå i skjorteærmer,
det var sidst i maj. Hun husker med en gang ganske skarpt
den følelse af trang til hengivenhed, der den eftermiddag
var kommet op i hende. En trang til at lade sig knuge, så
det gjorde ondt. Måske har hun haft sådanne følelser for
ham ved andre lejligheder, men hun husker kun denne
ene gang. Hun husker hans profil, som han lå der i græs-
set på Voldstedet, og nu i det svage lysskær fra vinduet
skæver hun til den tykke, svedende mand, der ligger og
stønner ved siden af hende, og prøver at kende profilen
igen. Selv om hans ansigt har forandret sig, kender hun
profilen igen, og en ganske svag og stille følelse af ømhed
kommer op i hende.

Et øjeblik efter er den veget for praktiske spekulationer.
I morgen må Lundegaard flyttes ind i spisestuen, og Anna
kan flytte her ind i soveværelset. Der er jo også varme i
spisestuen.

III

Imens er Lundegaards bevidsthed på langfart. Feberen har ophævet tid og rum. Han bevæger sig i en salig verden af skønne syner, den fallerede, københavnske manufakturhandler er omgivet af vidunderlige japanske danserinder i himmelblå og tegule silkekimonoer. De er så fine og sarte som porcelæn. Det er i en pavillon i en fantastisk park med små søer og lænkede aber. Den skønneste af kvinderne tager ham ved hånden. De sidder ved en af de små søer. Han mærker hendes blik på sig, et blik fra de skæve, sorte, smalle øjensprækker med fine øjenbryn. Det er en prinsesse. Eller måske en glædespige. Så pludselig ser han, at det ikke er en sø, de sidder ved, men havet, det store, urolige hav. En djunke kommer sejlende. En flok mennesker kommer hen imod dem, den forreste af dem er hr. Salomonsen, der ser så rar ud og siger, at nu må han endelig huske afdraget til den første.

Så pludselig står han på en snavset trappegang ude på Nørrebro og prøver på at få ild på en våd cigarstump, bare for at få et par drag, inden han skal videre. Han fryser om hænderne og tænker: en halv kaffe henne om hjørnet.

Han må løbe, der er nogen, der forfølger ham. Han løber og løber. Det er på en landevej. Månen er rød, det er chefens nakke. Det skal aldrig lykkes dem at nå ham. Hr. Salomonsen er venligt bebrejdende. Nej, siger Lundegaard, jeg er da ikke idiot, men det er mig, det hele hviler på. Nej, han må løbe, det er hans eneste redning. Så opdager han, at Poul løber ved siden af ham. Hold ud, min dreng, siger han, vi skal nok klare den. Men Poul ser forbavset på ham og svarer, at han da ikke løber sammen med ham, kunne aldrig falde ham ind, den må Lundegaard sgu selv klare. Han kom kun for at sige ham, at han havde fået arbejde, men at han ikke er så tosset at lægge sin løn hjemme.

Lundegaard kan også godt løbe alene, det har jo altid været ham, det hele hvilede på, men da han siger det, er Poul allerede væk. Månen er også væk. Det hele er væk. Der er bare stilheden tilbage, det er den, han er bange for. Stilheden knuger ham fuldstændigt, nu fik de ham alligevel. Han skriger.

IV

Lundegaard ligger badet i sved. Lundegaard har høj feber. Somme tider taler han i vildelse, men ingen hører efter, hvad han siger. Hvem regner vel med, hvad en feberhed hjerne kan finde på, det har jo ikke noget med virkeligheden at gøre. Desuden må fru Lundegaard sy fra morgen til aften.

Hun er begyndt at blive angst for, at det er alvorligt med Lundegaard. Hvis feberen holder sig, vil hun ringe til doktoren i morgen. Og hun vil sige til ham, at han må undersøge Lundegaard rigtigt.

Så er der pludselig ikke mere garn i maskinen, og hun giver sig til at lede efter spolen. Hvor var det nu, hun lagde den. Hun plejer ellers altid at lægge den på plads, men da hun brugte den sidst, kom der nogen i det samme. Mens hun leder efter den, står hun med én gang med Nazaræernes lille røde sangbog i hænderne.

»Og hvis sygdom rammer jert hus, hvad nytter det da at gå til lægerne, hvis det ikke er Guds vilje, at sundheden skal vende tilbage. Og på den anden side, hvis Gud vil hjælpe, behøves ingen jordiske læger.«

Det rammer fru Lundegaard som et lyn. Hun har jo hørt om de mennesker ude på Østerbro, der ikke ville hente læge til deres syge barn. Barnet døde. Og lægerne hævdede, at dets liv kunne være reddet. Fru Lundegaard står der midt på gulvet med den lille røde sangbog i hånden. Guds vilje. Hun føler sig ikke overbevist. I hvert fald vil hun hente læge til Lundegaard, hvis feberen holder sig. Selv om det er så skønt at lægge alt i Guds stærke hånd, særlig når man har så meget at kæmpe med. Og når man nu engang er tvunget til at betale sygekassepenge. Kollekten til Nazaræerne er også en slags sygekassepenge.

Fru Lundegaard vil bede til Gud. Og hun vil ringe efter sygekasselægen, hvis feberen holder sig.

V

Avismanden henne fra hjørnet bor også i baghuset. Han plejer at stikke ind med avisen til Lundegaard, når han selv har læst den. Avismanden føler sig solidarisk med alle mennesker, der har det lige så dårligt som han selv. Desuden får han avisen tilbage, og den går retur til bladkompagniet.

Nu Lundegaard er syg, plejer han at kigge indenfor og snakke lidt med Lundegaard, nærmest for i sin godmodighed at sige: Hvordan går det. Eller: Hva' faen, ligger De endnu der og driver. Og så ser han opmuntrende på Lundegaard og siger, at det ender med, at det går nok. Han har sgu selv så tit haft influenza, det skal man ikke ta' så højtideligt.

Fru Lundegaard synes, at avismanden er lidt simpel, men hans bundærlighed varmer hende, og Lundegaard ligger og har det ensomt og har godt af at tale med et menneske. Ganske vist er avismanden kommunist, men det må han jo selv om.

Når avismanden har tid, sætter han sig et par minutter på stolen ved vinduet for at sludre. Han ser lidt på Lundegårds feberrøde ansigt, på stolen ved siden af sengen, hvor der står et glas vand og en æske piller ved siden af sygetermometeret, på den blå hyacint i vindueskarmen og siger, at det jo er vanskelige tider for os små mennesker, som kun har vores arbejdskraft at leve af. Når der da er nogen, der har brug for den. Han taler også om lockouten og om solidaritet.

Han taler til Lundegaard som til et barn, der ikke ved ret meget, læser brudstykker højt af avisen for at give Lundegaard en smule undervisning:

»Uforandret overskud i brødfabrikkerne. Arbejdslønnen for forløbne år andrager godt en million, aktionærerne får udbetalt en halv million.«

Lundegaard mener, at når de mennesker har stukket kapital i fabrikken og risikerer deres penge, skal de jo også have noget ud af det.

Avismanden snøfter hånligt. Hvor de flipmennesker dog er dumme.

Ja, se, siger Lundegaard. Vi har jo haft forretning. Men den gik nedenom og hjem. Det var krisen.

VI

Anna har købt blomster og frugt med hjem. Jamen, det har vi jo slet ikke råd til, siger Lundegaard. Og frugt, der er så dyr på denne årstid. Det svarer Anna ikke på. Hun har gjort det, fordi det var hendes pligt. Det er på samme måde, hun køber fødselsdagsgaver. Hun vil ikke skylde nogen noget.

Lundegaard har allerede ligget for længe. Han har opgivet håbet om at kunne betale hr. Salomonsen noget afdrag i denne måned. Men han må under alle omstændigheder have talt med hr. Salomonsen. Han må have henstand. Det får han sikkert, hr. Salomonsen er så flink. Og når han hører, at han har ligget syg.

Feberen holder sig stadig, og sygekasselægen har igen været der. Han havde nøjagtig lige så travlt som sidst, og fru Lundegaard vovede alligevel ikke at sige noget. Men ude i entreen, med den ene hånd på dørhåndtaget, tøver han et sekund og siger til fru Lundegaard: »Patienten må have absolut ro.«

Men Lundegaard har jo al den ro, han kan få. Ligger hele dagen og stirrer på vinduet. De taler jo aldrig sammen, udveksler kun bemærkninger.

Lundegaard er klar over, at han må op, enten feberen forsvinder eller ej. Han må for enhver pris tale med hr. Salomonsen, der måske uden videre går til Annas firma, hvis han ikke hører fra ham. Og der er også noget med inkasseringerne, han skal have ordnet. Hvis han ikke kommer op, går det hele i smadder.

Det er snart den første. Lundegaard må for enhver pris op. Han beslutter at lyve temperaturen nedad. Feberen kan jo ikke forsvinde med en gang. I overmorgen vil han stå op. Det er måske også den eneste måde at blive rask på. Han bliver aldrig rask af at ligge her og spekulere. Og han kan jo altid gå i seng igen.

VII

Så sidder Lundegaard på sengekanten og forlanger at få sine underbukser. Heltemodig og angst. Et mandfolk regner ikke en smule feber for noget. Men han er hed i hovedet og svimmel. Han siger noget om, at det er godt, det er overstået. Nu vil han gå hen og tage et dampbad for at jage det sidste ud af kroppen. Bagefter vil han gå hen og blive klippet, og så er han igen klar til at tage kampen op.

Det er slet ikke så helt enkelt at gå ned ad en trappe for en svær mand på halvtreds, der er svimmel og kraftesløs. Men den friske forårsluft gør godt. Det er gråvejr, men man mærker alligevel, at vinteren snart er forbi.

Nu har Lundegaard i al den tid, de havde forretningen, taget sit bad i Helsingørsgade. Det kunne ikke falde ham ind at gå andre steder hen, selv om han skal gå hele vejen ude fra Vesterbro. Selvfølgelig er der fuldt af mennesker, der venter i venteværelset. Det er der jo altid, tænker Lundegaard ærgerlig. De sidder der med deres nummer i hånden og venter. Og alle de, der sidder, skal ind før ham.

Der er en fugtig, tung varme i venteværelset. Og Lundegaard er træt. Så ser han, at manden ved siden af ham er en af kunderne nede fra hans forretning. En af dem, der kom og købte billige sokker. De møder hinandens øjne samtidigt, og af gammel vane smiler Lundegaard høfligt og hjerteligt, som om denne mand var et af de få mennesker, han virkelig satte pris på. Manden har en lille pakke i hænderne, Lundegaard kan se på pakken, at der er et par billige sokker til 98 øre i den. Manden følger hans blik og smiler: »Ja, nu må jeg jo købe mine sokker et andet sted.«

Så må Lundegaard igen fortælle, hvorfor forretningen ikke er mere. Det var krisen, og så det, at de kom og moderniserede ejendommen og skruede huslejen op. Så får Lundegaard igen denne naive trang til at betro sig til et vildfremmed menneske. Han siger sin mening om stormagasiner og københavnske husejere. Og for at vise, at han er en mand, der ved, hvad han taler om, siger han også noget om brødfabrikker, aktionærer og arbejdsløn. Og så bliver han pludselig trist og siger, at han snart er en gammel mand, der har måttet arbejde strengt hele sit liv. Og nu må han slide trapperne som inkassator.

Den anden sidder og siger ikke noget. Lundegaard ser appellerende på ham. Han møder ikke Lundegaards blik, men sidder og ser spekulativ ud. Så siger han, at der såmænd er dem, der har det meget værre.

Lundegaard bliver irriteret. »Ville De f. eks. bytte med mig?« spørger han.

Den anden er et stille, alvorligt menneske. En af dem, der ikke siger ret meget. »Det tror jeg nok, men mon De ville bytte med mig. Jeg har levet af socialkontorets nåde i over et år. Og nu har min kone fået tuberkulose og ligger ude på Øresundshospitalet.«

Lundegaard bliver genert. »Ja,« siger han skamfuld, »det må ikke være så let for Dem.«

»Og der er sikkert dem, der gerne byttede med mig,«
siger manden med sokkerne. »Hjemløse og sådan nogle.«

Det er en helt ny side af sagen, Lundegaard ikke har
set før. Det gør det på en måde lettere for ham selv. Han
kommer uvilkårligt til at betragte sit eget tøj, der er både
helt og rent, og sammenligne det med de andres.

Inde fra brusebadafdelingen kommer lydene fra de ba-
dende ud til dem, der sidder og venter. Det er underligt
nok, herude sidder de allesammen triste og grå, snavsede
og gnavne, men derinde fløjter og synger og nynner de.
Så snart de har fået byuniformen af og vandet skyller ned
over deres nøgne krop, kommer trangen til at synge op i
dem. Og når de kommer ud, er de røde i hoved erne og ser
fornøjede ud. Som om de var blevet nye mennesker af at
stå nøgne under en bruser.

VIII

Nu med det samme Lundegaard er i kvarteret, kunne
han have lyst til at gå forbi deres gamle forretning og se,
hvordan der ser ud. Men han gør det ikke. Han er bange
for at komme i snak med folk der nede omkring, for at
skulle svare på deres spørgsmål. Og han vil heller ikke gå
ned til den gamle barber. Hellere finde en ny ude på Ve-
sterbro.

Så sidder han hos en barber, der ikke ser altfor dyr ud.
Lidt nede i en sidegade. »Ja tak, med saks. Selv om det
holder længere med maskine, men man vil jo nødig ligne
en tysker.«

Midt under det hele ringer telefonen. »Undskyld et øje-
blik,« siger barberen.

Det er fra provinsen, barberen må tale højt. »Ja,« siger
han, »jeg har sendt pengene. Sendte dem i middags. Ih,
bevares, det gør såmænd ikke noget, det var kun godt, at
De mindede mig om det. Det kunne såmænd godt træffe

sig, at jeg havde glemt det. Ja, vi har jo så meget at gøre i øjeblikket. Travlhed, men ingen kontanter. Det er jo en svikmølle. Ja, jeg ber, Olsen, jeg tænker, De har dem i morgen tidlig.«

Du er fuld af løgn, barber, tænker Lundegaard. Han kender rumlen. Og ganske rigtigt hører han da også barberen bede sin kone om at gå på posthuset og sende pengene med det samme.

Barberen er klar over, at Lundegaard har opfattet situationen, men holder masken. Klipper videre. Taler om vejret og sådant noget. Inden klipningen er til ende, er han dog uhjælpelig afsløret. En chauffør kommer ind ad døren med varer. Han har to regninger med. Den ældste er den største. Barberen vil kun betale den sidste. Chaufføren siger, at så må han tage varerne med tilbage. Jamen, når jeg betaler det, jeg får i dag, siger barberen, der nu er ved at blive ærgerlig. Ja, jeg kan jo ikke gøre for det, siger chauf-føren. Den besked har jeg fået.

Barberen kan ikke betale begge regninger. Har tilfældigvis lige haft en stor udbetaling. For hans skyld må chaufføren gerne tage varerne med hjem igen. Det er dog den værste, han har været ude for endnu.

Han klipper Lundegaard færdig, mens han snakker om skatter, afgifter, husleje og regninger, der gør livet surt. Det er til at blive idiot af.

Den lille fallerede manufakturhandler i barberstolen føler sig dybt grebet ved tanken om barberens vanskeligheder. Hans egne er fuldstændig glemt. Om han dog kunne hjælpe manden. Lundegaard er kun en refleks af sine omgivelser, nu føler han minsandten solidaritet med barberen. Han vil sige til alle sine bekendte, at de skal gå herhen og lade sig klippe. Han vil sige det til alle, han træffer. Han ser i ånden butikken fuld af kunder, der venter, pengene strømmende i kassen, regningerne betalte, ansigterne glade og ivrige.

»Sprit og brillantine, hr.?«

»Nej tak, ingen af delene. Hvad skylder jeg?«

»Tak. Halvanden krone, hr.«

Lundegaards solidaritetsfølelse er fordampet. Halvanden krone. Så er det sgu ikke så underligt, der ingen folk kommer i forretningen. Halvanden krone. Han plejer at give en krone, og han ved, der er steder, hvor de gør det for 70 øre. Den er lige skrap nok. Sikke en bondefanger. For ti minutters arbejde.

IX

Der sidder en mand i en sporvogn. En almindelig mand i en almindelig gabardinefrakke. Hans ansigt er lidt rødt og oppustet, han har poser under øjnene, hans hår er tyndt og tjavset, farveløst, mens øjnene er vandblå. Man kan se, at han er gift, og at hans kone gør sig umage med at holde hans tøj rent og pænt. Han er sandelig ikke imponerende, som han sidder der, der er noget forslidt og træt over ham, noget glædesløst.

Han har hvidt hæklet halstørklæde og lorgnetter. Han er på vej til en ågerkarl for at tigge om henstand. Det er fredag eftermiddag. En dag i marts. En kold, grå dag.

Han sidder der og ser på sine medpassagerer. Uden at se dem. Hans tanker er langt borte. Han ligner egentlig de andre. De ser jo også forslidte og glædesløse ud. Det er da mærkeligt, for egentlig har de det jo godt allesammen. Kunne i alt fald have det meget værre. Der er kun en ung kone med et barn, der smiler. Men hun ved heller ikke endnu, hvad livet er. Man kan se, at hun er nygift, og at manden har godt arbejde. Hun får nok lært livet at kende. Så går smilet sig nok en tur.

Alligevel mærkes den rå duft af forår her i sporvognen. Hænger så at sige i passagerernes tøj. Men foråret er sgu ikke bare poesi. Der er noget råt ved foråret. Det er for de levedygtige. Fattigdommen føles grellere, evneløsheden mere selvopgivende i den blege martssols rå lys end i vinterens mørke, hvor man hygger sig i pjalterne.

I smug sidder de der og tager mål af hinanden, eller de sidder og ser tomt frem for sig. Som nu arbejdsmanden der med termoflasken stikkende op af jakkelommen og store, røde næver hvilende på knæene. Han er på vej hjem. Og i morgen tidlig er han på vej til arbejdet. Og sådan afløser den ene dag den anden. Han har sgu da ikke nogen højtflyvende planer om fremgang, om bedre forhold for sig selv og dem, han forsørger. For ham gælder det bare at holde den gående. Lundegaard har da det meste af sit liv haft grosserertitlen og villaen at gå og se hen til som noget, der nok skulle blive til virkelighed før eller senere, noget der ville blive betaling for alle de mange glædesløse dage. Nu har han ikke mere det at leve på. Men de fleste andre har sgu ikke engang haft det. De har nok at gøre med at holde den gående. De har overhovedet ikke tid til at spekulere på andet. Og føler sig som udvalgte, privilegerede, hvis de har arbejde. Hvad fremtidsdrømme skulle de vel have, medmindre de håber en skønne dag at vinde en klat penge i lotteriet, bare så meget, at de kunne betale de sidste afdrag på møblerne og ikke skyldte nogen noget.

Lundegaard sidder der i sporvognen med sit hæklede, nyvaskede halstørklæde, uldne vanter, lorgnetter, og cykelklemmer i lommen, og tænker på, om fremtiden alligevel ikke skulle gemme noget godt og smukt til ham. Selv om han nu er et halvthundrede år. Gud ved, hvad det skulle være. Måske noget godt og smukt til dem alle. Bedre og lysere tider måske. Verden går jo fremad. Og der sker jo stadigvæk noget. Nu har vi fået Lillebæltsbro, nu har vi fået lyntog. Og regeringen vil stadig skaffe forbedringer. Men det er ikke så let, kan man forstå. Der må lempes.

Så pludselig ser han igen sin tilværelse ganske skarpt og nøgternt. Han er på vej til en ågerkarl for at bede om henstand. Hvad fa'en rager Lillebæltsbroen og lyntogene ham.

X

Det er fru Salomonsen, der lukker op, da han ringer på. Det vil sige, lukker op er nu så meget sagt, sikkerhedskæden er sat på, og døren åbnes nøjagtig så meget, at Lundegård kan se den tidligere husbestyrerindes spidse næse. Salomonsen har nok giftet sig med hende, fordi han har regnet med, at det blev billigere end at give hende løn og mulighed for at berige sig af husholdningspengene. Hr. Salomonsen har sikkert for længst indset, at han har forregnet sig, tænker Lundegaard.

Næ, Salomonsen er ikke hjemme, han er på billardsalonen, siger hun arrigt. Lundegaard mener, at han måske kan tale med hr. Salomonsen dér og får at vide, hvor det er.

Denne gang må han gå, han har jo ikke råd til sådan at køre i sporvogn hele dagen. Og desuden er han så hed i hovedet af feberen. Føler sig i det hele taget rigtig skidt tilpas. Men nu får han da fat i hr. Salomonsen og får forhindret, at det hele ramler sammen. Han kan ikke tænke sig, at han ikke skulle kunne få henstand, manden er vel til at tale med.

XI

Først står han lidt forvirret og ser sig om. Tænk at der er så mange mennesker her en almindelig hverdagseftermiddag, hvor man ellers skulle tro, at folk arbejdede. Og lysene er tændt, så det for den sags skyld lige så godt kunne være nat.

Nu bliver man vel nødt til at købe noget, tænker han nervøst. Og måske bliver det dyrt her. Men han kan ikke se hr. Salomonsen nogen steder. Har sådan set mest lyst til at forsvinde igen, men må jo have det overstået og spørger tjeneren efter hr. Salomonsen.

Lundegaard er heldig. Lige i det samme kommer hr.

Salomonsen. Han har siddet inde bagved og spillet kort. Nu kommer han der med overfrakken over armen og paraply og hat i hånden. Fin silkeparaply, pertentligt rullet sammen og med overtræk. Han ser straks Lundegaard og hilser hjerteligt på ham, som på en gammel ven. Han ville måske have spillet billard, måske var han på vej til at gå, under alle omstændigheder sætter han sig venligt imødekommende ved et bord sammen med Lundegaard.

Hr. Salomonsen kalder på tjeneren. Lundegaard siger noget om, at han egentlig ikke trænger til noget, at han er forkølet, føler sig skidt tilpas. Så skal De tage en romtoddy, siger hr. Salomonsen. Det er så glimrende, når man er forkølet. Selv forlanger han et glas portvin med angostura. Lundegaard kan ikke lide at gøre indvendinger, desuden er tjeneren allerede væk.

Allerede inden tjeneren er kommet tilbage har Lundegaard sagt, hvad han havde på hjerte. At han har ligget syg og så videre. Om vi ikke kunne skyde over i denne måned. Han ser spørgende på hr. Salomonsen, pludselig lidt angst.

Hr. Salomonsen sidder bare og patter på sin cigar. Han er en mand, der tænker før han taler.

Det er jo kun i øjeblikket, det kniber lidt, siger Lundegaard. Jeg har jo ikke kunnet tjene noget i den tid, jeg lå i sengen. Og nu kommer foråret, jeg får mere end nok at gøre og kan så betale to afdrag næste måned.

Hr. Salomonsen ser træt og bedrøvet ud. Det havde jeg ikke ventet, Lundegaard. Jeg stolede på Dem, viste Dem tillid. De lovede mig ganske bestemt at overholde afdragene. Jeg har jo også mit at klare, det er ikke altid lige let at få det til at løbe rundt. Jeg har jo givet Dem henstand éfn gang, nu kan jeg skam ikke mere. Så må jeg hæve pengene på gageanvisningen.

Han ser godt, at det sidste ord rammer Lundegaard hårdt. Det var en fuldtræffer. Han kender sine pappenheimere, den Salomonsen.

»De har jo endnu to dage at løbe på. De skal se, det lykkes Dem nok at skaffe pengene«.

Og så giver hr. Salomonsen sig til at tale om andre ting. Han har jo også sine bekymringer. Det er slet ikke så lige til. Besværligheder på alle leder og kanter. Han viser Lundegaard den fortrolighed at meddele ham sin mening om tjenestepigespørgsmålet. Han er meget bekymret. Ikke blot for sin egen skyld, selv om det er hårdt, at man ikke kan få en tjenestepige, når man er villig til at betale for det. 45 kr. Men de unge piger nutildags føler sig for fine til huslig gerning. Det er et samfundsspørgsmål, den omsiggribende opløsning af gamle klare begreber. Livet er så sandelig ingen dans på roser. Hr. Salomonsen er desuden ikke rask. Det er noget med brystet. Og alligevel må man blive her i denne besværlige årstid, der undergraver ens helbred, mens andre tager til Nice og Menton. Man må pænt blive på sin post og passe sit arbejde.

Lundegaard er som lamslået. Nu er alt forbi. Han gør endnu et mat forsøg. Jeg kunne jo ikke forudse, at jeg blev syg, siger han.

Men hr. Salomonsen har allerede rejst sig op og er ved at tage overfrakken på. Han siger meget høfligt farvel til Lundegaard. På vejen mod døren ordner han sig med tjeneren.

Lundegaard sidder lidt og forsøger at samle tankerne. Hvad nu. To dage. Og han skulle jo gå lige hjem og i seng igen for at blive rask og tage fat på at få bragt orden i alt det, der var ved at vokse ham over hovedet.

Så ser han pludselig, at markøren ved det ene billard er en, han kender. Å, det må være Nielsen, Pouls ven, han mindes at have set ham i porten hjemme i gaden.

Poul ja. Hvad skal det hele blive til. Han tror sgu heller ikke, at han er far til den knægt. Det har han aldrig troet. Det er måske hr. Salomonsen, der er far til ham. Ja, hvad ved man ærlig talt om det. Han selv er måske far til Nielsen, der nu har genkendt ham og nikker venligt til ham.

Da han vil gå, kræver tjeneren ham. Lundegaard bliver rød i hovedet. Han troede, at hr. Salomonsen —.

Tjeneren smiler spotsk. Som om han ville sige, at så kendte man hr. Salomonsen dårligt.

FJERDE KAPITEL

I

Så sker det, at Anna på Rådhuspladsen ser sin ven, lageristen, stå og snakke med en anden pige. Ja han ikke blot snakker, men både smiler og ler. Pigen smiler og ler også. De ser sandelig ud til at føle hinandens selskab fornøjeligt. Og pigen ser godt ud. Og er velklædt. Hun synes åbenbart godt om lageristen, efter hendes strålende øjne at dømme. Men det skal de selvfølgelig have lov til, lad dem bare more sig. Sådan er han altså, bag ryggen af hende. Hvis han har set hende og råber efter hende, vil hun lade som ingenting. Bare køre videre. Fra nu af er han luft for hende. Hun mener at føle hans blik i ryggen. Og sætter farten op.

Et sekund senere er Anna klar over, at hun elsker lageristen. Hendes hjerte banker og hun er lige ved at køre op i en bil, der bremser op foran hende. Hele vejen hjem er hun ophidset af vrede, krænkelse og den kendsgerning, at det altså alligevel er ham hun elsker.

Der er igen sket et af disse pudsige tilfælde, der griber ind i den daglige trummerum og ryster et menneske ud af den daglige, jævne tilværelse. For hun plejer jo aldrig at køre den vej hjem. Hun plejer at køre ad Gl. Kongevej og dreje ned ad Bagerstræde. Men der var sprunget en maske i den ene strømpe, så hun må have købt et par inden lukketid. Hun har ganske vist nok strømper hjemme, men de er ikke meget bevendt. Og hun skal ud i aften. Med en bankassistent.

Pludselig ønsker hun meget heftigt, at lageristen kunne

se hende sammen med bankassistenten. Hun ville smile og se fornøjet ud, lade som om hun følte sig udmærket tilpas i hans selskab. Gør hun egentlig det, tænker hun. Næ, egentlig er hun ligeglad med bankassistenten, udover det, at han er large, verdensmand og elegant i tøjet. En af hendes veninder havde en aften set dem sammen på Strøget og næste dag spurgt, hvem den nydelige unge mand var. Man kunne høre, at hun var misundelig. Siden den dag kom Anna mere sammen med bankassistenten. Men egentlig var han jo kedelig. Men nu ville hun alligevel komme sammen med ham. Og håbe, at lageristen så dem. Måske ville det slet ikke gøre indtryk på ham. Han var måske ligeglad med hende nu, han havde den anden. Han havde ærligt talt ikke vist sig særlig forelsket de sidste gange, de havde været ude sammen. Men hun havde også vist sig temmelig kølig mod ham siden den dag, hun først mærkede foråret og ikke syntes, at det var ham, hendes følelser gjaldt.

Anna ved godt, at lageristen er fra Hjørring. Men hun kan ikke vide, at pigen, han snakkede med på Rådhuspladsen, også er fra Hjørring. At de havde leget sammen som børn og ikke set hinanden siden. At det var derfor, de smilede og lo. At den velklædte pige nu var gift med en lærer. At de rent tilfældigt var løbet på hinanden. Hun vidste bare, at det var lageristen, hendes følelser gjaldt, og at hun ikke ville give slip på ham.

Det er kærlighedens time, tusmørket har sænket sig over byen, neonlysene, røde og blå, er allerede tændt, Vesterbrogade er et eventyr, pigerne synes dobbelt så smukke, og de sender øjekast til højre og venstre, nærmest for at prøve deres charmes styrke. Luften er rå af vår og sød af kosmetikduft og benzinos. Hvor længe har lageristen kendt den velklædte pige? Hvor langt mon det er mellem dem? Det var ved kiosken, de stod, altså et aftalt møde.

Hun drejer ned i sin egen gade. Brolægningen er brudt

op, og der ligger store dynger af ler og jord. Det er måske vandledningen, der er sprunget. Hun synes, at der altid er gadereparationer og sådan noget her i kvarteret. Ungerne løber og leger i udgravningen, lige midt i lerdyngerne. De synes, det er mægtig sjovt. De marcherer i demonstration gennem alt skidtet og synger socialistsange.

Her bor der altså mennesker. Skabningens herrer. Der har gjort sig Jorden underdanig. Nogle bor her hele deres liv, andre flytter hen til steder, der er nøjagtig magen til. Gaden består af mange rækker huse, bag forhusene mellembygningerne, bag mellembygningerne baghusene. Man kommer ind til disse stendynger enten gennem portene eller gennem smalle, mørke gange, tunneller, hvor der står fuldt med cykler.

II

For øvrigt er det april nu og snart påske. I haverne ude på Frederiksberg er ribsbuskene sprunget ud. De er knaldgrønne og dufter ramt af nyt liv. I Kongens Enghave er man begyndt at male lysthuse og stakitter, og i Botanisk Have står der en grøn stikkelsbærbusk. April har sin særlige betydning for enhver. For lageristen, der er medlem af en roklub, betyder den, at nu begynder sæsonen, for fru Lundegård betyder den hovedrengøring.

Lundegaard ser og hører selvfølgelig ingenting, han har nok at gøre med sit, det er ham, det hele hviler på. Nu har han været hos sagføreren inde på Strøget for at betale husleje. Og da han gik derfra, havde han endnu huslejepengene i lommen og tog en sporvogn ud til hr. Salomonsen, der gav ham kvittering for pengene og triumferende sagde: »Der kan De se, Lundegaard, det gik jo, man skal aldrig give op.«

Lundegaard jonglerede med gældsposterne. Mingelerede den. Kunne for den sags skyld være blevet en udmærket statsmand, finansminister. Hos sagføreren havde han bedt om henstand. 5 dage. Damen havde rystet på hovedet og havde sagt, at hun jo ikke var kompetent til at give henstand. Så havde Lundegaard bedt om at måtte tale med landsretssagføreren, sagen var den, at der knyttede sig særlige omstændigheder til hans anmodning. Så havde damen taget huslejekvitteringen i hånden og var gået ind ad den dør til venstre, hvor der stod Privat. Og da hun kom tilbage, havde hun smilet til Lundegaard og havde sagt, at så måtte fristen overholdes ganske bestemt. Altså inden 5. april kl. 12.

Hvem mon der egentlig ejede de huse. Det var selvfølgelig ikke sagføreren. Han skovlede bare pengene ind og lod dem gå videre. Sagføreren kunne såmænd også have hængt sin hat på, at han ikke var kompetent til at give henstand. Han var jo bare et mellemled, der lod pengene gå videre. Til dem, der altså virkelig havde kompetencen. Men de folk kendte ikke Lundegaard, anede ikke, at han eksisterede. De fik kun hans tikronesedler.

I øjeblikket kunne Lundegaard trække vejret. Fra hr. Salomonsen truede der ikke nogen fare den første måned, og han havde et par dages frist til at skaffe huslejen. Lundegaard havde endnu engang klaret situationen med en rask manøvre. Han var ikke helt utilfreds med sig selv. Men en smule bange for, at hans evner som finansoperatør ikke i det lange løb ville kunne gøre det. Der var noget uholdbart ved metoden.

I optimistiske øjeblikke tænkte han, at det bestandig ville kunne klares ved manøvrer, nye lån osv. Det var jo sådan, de store folk bar sig ad. Det var det, man kaldte at leve af sin gæld. Men han var alligevel nøgtern nok til at indse, at for små folk gælder andre love. Men det var altså sådan en stemning. Optimisme, der igen afløstes af fortvivlelse og angst. Sådan går det jo ustandselig for Lundegaard. Han er syg, rask, sparsommelig, ødsel, sædelig,

usædelig, moralsk, umoralsk, alt efter stemninger og om-
stændigheder. Og det hele er bare et kompromis. Holde
sammen på stumperne og holde den gående.

III

Annas mund er rød, lidt fyldig, lidt sanselig, hendes
øjne blå, grå, lidt udstående, har det, der gør mændene in-
teresseret, mænd har endda en særlig benævnelse for den
slags øjne. Men hun er for høj, for stærkt bygget, for rank,
selvstændigt rank, til at appellere til mandens beskyttel-
sesfølelse.

I øvrigt føler Anna sig heller ikke tiltrukket af hærde-
brede, selvsikre mænd. Lageristen er indadvendt, lidt af
en drømmer, med blide øjne, lidt melankolsk. Han plejer
at ringe til magasinet i frokostpausen og sige: Undskyld
ulejligheden, det var vel ikke muligt, at han kunne komme
til at tale med frk. Anna Lundegaard. Der kunne godt gå
et par dage, han ikke ringede, men denne gang er der gået
fire dage, og han har endnu ikke ringet. Hvis han ikke rin-
ger i dag eller i morgen, ringer Anna til ham. Det er kun
sket et par gange før, at Anna har ringet. Hun plejer kort
og bestemt at sige, at hun vil tale med Eigil Holm.

Det kom hun ikke til denne gang, lageristen ringede
dagen efter. Hun kunne ikke skjule, at hendes stemme dir-
rede af iver, da hun talte med ham. Måske var det, fordi
hun hver gang telefonen havde ringet, havde troet, at det
var ham, og følte en nagende skuffelse, når der så blev sagt:
Telefon til frk. Andersen, frk. Hansen eller hvem det nu
kunne være. I hvert fald gav det et sæt i hende, da der blev
sagt: Telefon til frk. Lundegaard.

Nu hørte hun hans stemme i telefonen og kunne dårligt
bekæmpe sin ophidselse. Da han ikke gjorde mine til at
ville træffe nogen aftale, men bare spurgte om, hvordan
hun havde det og så videre, spurgte hun, om han havde tid

i aften. Og da han nølede, blev hun ivrig. Han tænkte forbløffet, hvad der gik af hende, den side havde hun aldrig vist før. Han havde tænkt sig noget andet i aften, men opgav det med glæde. Det ligesom skuffede Anna lidt. Hun havde tænkt sig, at det måske var forbi mellem dem, og var parat til at kæmpe for at beholde ham. Det gik næsten for nemt.

Så traf de altså hinanden kl. 8, gik i biografen og spadserede bagefter udad Langelinie. Lagde fremtidsplaner. Der er en ganske anden tone mellem dem, end der før har været. De tænker ikke længere hver for sig, men sammen. Anna har aldrig før blandet sig i, hvor meget han tjente, hvordan han tænkte sig sin fremtid og alt det der. Det kom jo sådan set ikke hende ved. Men det gør det nu. Eigil kan ikke gå som lagerist hele sit liv. Der må gøres noget. Han må have en bedre stilling, tjene flere penge. Og hun fortæller om sig selv. Nu skal hun gå på tegnestuen og have undervisning. Afdelingschefen har sagt, at hun har anlæg. Hun må slide i det, lære noget. Senere skal hun på en aftenskole. Og hun vil få en bedre stilling, med mere i løn.

Lageristen indrømmer, at han måske havde haft en chance for at komme på hovedafdelingen og få mere i gage, hvis han havde kunnet engelsk handelskorrespondance. Men det var jo for sent, da han fik det at vide. Desuden er hans fritid så kort i forvejen. Han har sin roklub, og han har Anna. Det vil Anna ikke høre tale om. Sådan en chance kommer tilbage. Han må tage kursus. Og hun vil høre ham i hans lektier. Hun er overbevist om, at han har store muligheder, hvis han vil tage sig sammen.

Den barske aprilvind stryger over Langelinie. Den er fugtig og iskold. Foråret er langt borte. Men ved Den lille Havfrue står en klynge skolepiger og spiser ispinde, altså er det forår alligevel. Og på lageristens værelse står der en krukke med lysegrønne birkegrene og gule påskeliljer. Til ære for den eventuelle besøgende.

IV

Den 4. april om morgenen kørte Lundegaard på sin cykel over Frederiksberg for at komme til det yderste Nørrebro for at inkassere. Morgengryet havde bragt et snefog med sig, nu brasede solen brutalt og frejdigt gennem skydækket og varmede løs på de nyudsprungne, soltørstige kastanjer på Bülowsvej. Lundegaard ved udmærket, at det er skidt at inkassere på denne tid af døgnet, enten er folk ikke hjemme, eller også har de ingen penge. Men han er dirrende urolig og nervøs og må skaffe sig udløsning ved aktivitet. Selvfølgelig bliver de ikke sat ud, selv om huslejen ikke falder til den aftalte tid, men selv om han havde en dag eller to mere, ser han ingen udvej til at klare den. Det drejer sig alligevel om en del penge. Og huslejen er jo ikke den eneste udgift. Han er i den stemning, der føder desperate planer. Noget i retning af at gå til en af ministrene og sige: Se, jeg har jo haft forretning og sådan og sådan. Jeg har svaret enhver sit, været sparsommelig og flittig. Har opbygget hjem og familie, et af de mange små hjem, hvoraf samfundet består. Nu er det braset sammen for mig. Ministeren ville forstå ham og sige: Vær kun rolig, hr. Lundegaard, fortæl mig om alle Deres bekymringer uden omsvøb, jeg skal se, hvad der kan gøres.

Men Lundegaard ved godt, at det er løgn. Lundegaard er aldeles ikke naiv. Han ved godt, at ministeren vil tænke: Her har vi et klart eksempel, der viser den sociale forskydning, der er ved at ske i dag. Koncentrationstendensen i næringslivet. Detailhandlerstanden i opløsning. Middelstanden, der proletariseres. Og ministeren ville gennem Lundegaards beretning få inspiration til et par velformede sætninger til sin næste tale. Dummere er Lundegaard ikke. Selvfølgelig interesserer ministeren sig for detailhandlerstanden og for sociale forskydninger, det er bare Lundegaard, der ikke interesserer ham.

Lundegaard ved godt, at der kun er én farbar vej, den at være energisk og tjene penge, den at være nøjsom og bruge mindre, end han tjener. Med overskuddet afpareres de farer, der truer hans tilværelse, og lidt efter lidt kommer det hele i lave, kommer måske endda til at gå fremad, og han kan måske i sin alderdom som en anden patriark sidde og fortælle den undrende kreds af børn og børnebørn om, hvordan han klarede skærene dengang, det hele var ved at bryde sammen.

Men på den anden side ved Lundegaard også godt, at det ikke er de mennesker, der bruger næverne og er sparsommelige, der klarer den bedst. Det er med hovedet, det skal gøres, ikke med næverne. Lundegaard vakler mellem plan, dyd og sparsommelighed, flittighed på den ene side, og dristighed, forvovenhed, vulkaner, beslutsomhed, fandenivoldskhed på den anden side.

Da han drejer om hjørnet ved Godthaabsvej, er det, at han møder repræsentanten fra det store engrosfirma. Lundegaard står af cyklen. Repræsentanten er hjertelig og vennesæl, det er jo hans bestilling. Han spørger, hvordan det går med forretningen. En pludselig indskydelse får Lundegaard til at sige: Tak, udmærket, men at man selvfølgelig mærker de dårlige tider. Det er jo ikke som i gamle dage, men det går. Han aner gudhjælpemig ikke, at jeg ikke har forretningen mere, tænker Lundegaard. Han kom jo også kun i forretningen et par gange om året, nærmest for at hilse på ham. Lundegaard gjorde jo ikke sådan bestillinger, han ringede, når han skulle have noget. Repræsentanten kom i forretningen i mange år. Han inviterer Lundegaard med ind på en genstand, en gewesen kalder han det, han er lidt gammeldags, virker mere ved nobelhed og venlighed end ved veltalenhed. Lundegaard siger nej tak. Han tør rent ud sagt ikke, selv om han nok havde lyst til en lille en at varme sig på sådan en kold aprilmorgen. Han tør ikke, han er angst for at fortale sig, den pludselige indskydelse har nemlig nu udviklet sig til en idé, en plan, der skal klare situationen. Det havde været bedre, at han havde fået den idé noget før, så havde han sluppet for at gå til hr. Salomonsen, hr. Salomonsen, der slet ikke længere står for ham som den venlige befrier i en trang tid, men nærmest føles som en sort, uhyggelig trussel, der hænger over hans hoved.

V

Lundegaard har taget sin beslutning. Der er såmænd ikke noget at risikere. I løbet af to timer kan det hele være overstået og alle bekymringer med et slag være ude af verden. Det er blot med at få det gjort. Der er jo ikke noget at nøle efter.

Men det er første gang i sit liv, Lundegaard foretager en lovovertrædelse, det med Annas underskrift føler han som noget andet, det var nærmest en formalitet, men denne gang er det et oplagt og planlagt bedrageri.

Men nu skal det være. Han må tage sig sammen og få det overstået. Fra en restauration ringer han til det store engrosfirma og bestiller et stykke stof. Den og den kvalitet. Det er vel endelig en absolut god vare. Nej, han vil for resten hellere selv komme ind og hente det, de kan godt pakke det ind, han kommer med det samme.

Det var det. Nu er det overstået. Så kom vi så langt. Selvfølgelig er det det værste, der er tilbage. Men nu har han sagt A og må også sige B. Han tager en sporvogn for at komme ind til firmaet. Jo nærmere han kommer Kongens Nytorv, des mere nervøs bliver han. Det er jo alligevel sådan sin egen sag. Det kunne jo da endelig også tænkes, at der var nogen i firmaet, der vidste, at han ikke havde forretning mere. Under alle omstændigheder vil afdelingschefen naturligvis komme og sludre med ham, det plejer han jo altid at gøre. Men Lundegaard er hjælpeløs, han sidder i sporvognen, der stadig fører ham nærmere Kongens Nytorv. Og han ved, at når han er kommet til stedet og stået af, vil han gå hurtigt og sikkert op ad trappen, som var det en ordre, han udførte. Og det var det jo på en måde også. Det var omstændighederne. Han var bragt i en særlig situation, der krævede en bestemt afgørelse af ham. Han havde truffet den afgørelse, der syntes ham rigtigst, alt taget i betragtning. Lundegaard er jo ingen forbryder, han gør hele tiden det, der synes ham rigtigst. Og han har jo hjem og familie, ansvar. Det er ham, det hele hviler på.

Så står han ved disken. Han er frygteligt ophidset og mener, at enhver må kunne se det. Men selvfølgelig ser han ud, ganske som han plejer. Han står der med gabardinefrakke, cykelspænder og hæklet halstørklæde og ser høfligt elskværdig ud. Afdelingschefen står allerede på den anden side disken og siger elskværdige almindeligheder. Lundegaard holder krampagtigt samtalen på neutrale områder. Krigen i Abessinien, foråret, forkølelser osv.

Og inden han har set sig om, har han kvitteret på notaen og er ude af døren med den store pakke i glat, brunt indpakningspapir under armen. Så let gik det.

Så kommer han i tanker om, at han har glemt cyklen ude på Frederiksberg. Å skidt, lad den stå til i morgen, dette er en højtidsdag. Han spadserer med pakken under armen ad Østergade over Højbroplads til Assistenshuset. I porten tøver han, pakken er altfor fin, man kan se, den kommer direkte fra grossisten. Og måske ligger der en følgeseddel i pakken. Han går ud på gaden igen, går lidt langs med kanalen, overvejer endnu engang. Det er ikke for sent. Pakken kan returneres. Han ser sig selv i tankerne af to kriminalbetjente blive ført ud til en ventende taxa, alt vil komme for dagens lys, Annas eftergjorte underskrift på lånedokumentet, inkasserede beløb, der ikke er indbetalt.

Han står stille og ser på skuderne og hyttefadene. Er igen ved at blive svag og nedslået. Han står der med sin store pakke under armen og ludende holdning og kigger på vandet. En almindelig aprileftermiddag i Nybrogade. Han kender hele gadebilledet så godt, at han ikke ser det. Nikolaj Kirke, Thorvaldsens Museum, Christiansborg, Stormbroen. Ved Gl. Strand er de ved at spule gaden efter formiddagens fiskehandel. Måger, parkerede biler, efeuklædte gamle huse med karnapper og kanalen med hyttefadene. Desuden spekulerer han over, hvad der vil ske, hvis han pantsætter stoffet, og hvad der kan ske, hvis han ikke pantsætter det. Og en eventuel tredje udvej. Det er denne tredje udvej, der i hans træthed pludselig får interesse for ham.

Så mander han sig op, går ind i en gadedør og åbner pakken. Der er ingen følgeseddel. Så sender de vel den med posten. Og den kommer retur: Adressaten bortrejst. Sludder, han har jo ordnet med postvæsenet, at al post eftersendes til hans nye adresse. Men det kunne ske ved en fejltagelse. Selvfølgelig ikke, det danske postvæsen, der er så berømt for sin pålidelighed. Han krøller papiret lidt og pakker stoffet ind igen. Nu ser pakken straks mere naturlig ud.

Et minut senere står han ved disken på Assistenshuset i køen af ventende. Han gør bare som de andre. Pakken er løsnet, og legitimationen har han parat i hånden. Taksatoren er en mand med falkeøjne. Ser alt, afslører alt. Lundegaard har et roligt og solidt udseende. Det har hans legitimation også.

Så er det hans tur. Stoffet flås ud af papiret. Hvor meget, spørger taksatoren. Der er ingen tid til omsvøb, han er allerede ved at undersøge det i alle ender og kanter. 100 kr., siger Lundegaard. 80 kr., svarer manden bag disken. Har De legitimation? Og uden at afvente svaret dikterer han til kontoristen ved skrivebordet, idet han tager Lundegaards papirer ud af hånden på ham: Et stykke stof. 80 kr. Manufakturhandler August Lundegaard.

Derefter må Lundegaard sætte sig hen på en bænk og vente. Det er sgu næsten det værste. Han kan se, at taksatoren siger noget til kontoristen, og at denne nikker alvorligt. Mon det var noget om stoffet og manufakturhandler Lundegaard. Lundegaard væder sine tørre læber med tungespidsen. Hvis de nu ringer til Købmandsstandens Oplysning og får at vide, at han ikke har forretning mere. At han er insolvent. Men derfor kan jeg da godt have et stykke stof liggende, tænker Lundegaard stædigt. Han tænker det så energisk, at han er lige ved at tro, at han har haft stoffet liggende hjemme i flere måneder.

Så med en gang er ventetiden forbi, kvalerne forbi, og han står på gaden igen med otte tikronesedler i lommen.

VI

Ekspeditrice Anna Lundegaard møder billardmarkør Nielsen i porten. I aftenskumringen og lysskæret fra butikkerne ser han hende sådan: En ung, velskabt pige med pæne ben, røde læber og leende øjne. Lidt stor, lidt yppig. Nu ved han det, det er jo Pouls søster.

Han har fridag og har sit nye afbetalingstøj på, overfrakken har han fået hjem fra lånekontoret, han går med handsker og har et lille hvidt lommetørklæde stikkende op af den blå overfrakkes brystlomme. Livet former sig bedre for ham nu, og man kan se det på ham. På kindernes huld og på holdningen.

Mødet er lige overraskende for dem begge. De gør et behageligt indtryk på hinanden. Han spørger, om de har hørt fra Poul. Hun svarer. Han spørger om flere ting, og hun svarer. Men de tænker begge på noget helt andet, og da hun er kommet op, tænker hun endnu på ham som på noget behageligt, noget sympatisk. Det med lageristen er noget ganske andet, det kommer ikke dette ved. Lageristen er en del af hende selv og hendes fremtid. Hun synes bare, at Nielsen er sympatisk og interessant. Det har hun vel lov til. Og så var det vel tusmørket, der gør alle mennesker pænere, end de er. Og foråret.

Fru Lundegaard siger, at hun har tænkt over, at Lundegård hellere må blive liggende i spisestuen, til han er helt rask. Og Anna altså ligge i soveværelset hos hende. Det kan Anna ikke se noget mærkeligt i, kun er det hende ubehageligt at skulle dele værelse med moderen. Men hun vil gerne stå i et godt forhold til dem derhjemme. Særlig for tiden. Hun tænker så småt på at invitere Eigil hjem en aften og præsentere ham. Så har hun også ligesom mere hold på ham. Men hun vil selvfølgelig forberede moderen lidt. Der må heller ikke så gerne tales om Poul. Hun synes, at Poul kaster en skygge over hende.

Anna er elskværdigere overfor sin mor i denne tid, end hun plejer at være. Hun spørger, om moderen er træt, og siger, at hun skal skåne sig selv. Og hun taler om de nye moder, nu er det blevet moderne med organdikrave. Om moderen mener, at det er pænt.

VII

Nu har Lundegaard været hos sagføreren på Strøget, huslejen er betalt, og han har endda penge på lommen. Han er i en dirrende, utålmodig stemning. Burde selvfølgelig nu tage en sporvogn ud til sin cykel og give sig til at inkassere. Eller burde tage hjem.

Det er ham umuligt at foretage sig noget almindeligt, noget dagligdags ovenpå den stærke spænding. Han har allerede drukket adskillige små genstande. Han siger til sig selv, at hans nerver trænger til stimulans. Og nu er huslejen jo klaret. Og hr. Salomonsen er klaret. Han trænger til afslappelse.

Og så får han den vilde idé, at han vil gå på billardsalonen. Han vil prøve at komme der som gæst. Ligesom de andre. Ligesom hr. Salomonsen. Måske er hr. Salomonsen der. Og han kunne lide at sludre med Nielsen, markøren. Man skal bare tage livet fra oven af og nedefter. Ikke spekulere for meget over tingene. Løse problemerne enkeltvis, efterhånden som de melder sig. Sådan som han, Lundegaard, gør. Han tør nok sige, at der endnu ikke har været den situation, han ikke har klaret. Man skal bare bruge hovedet. Og være lidt behændig. Ikke gå og hænge med hovedet. Ikke tage det for højtideligt.

Han gør sin entre på billardsalonen. Han er lidt rødere i hovedet end sædvanlig. Han gør sig selv lidt bredere, end han egentlig er. Hans venlighed mod verden bliver overbærende, lidt nedladende. Han er rolig og lidt selvbevidst, bevæger sig lidt langsommere, end han plejer. Han er en mand, der har prøvet lidt af hvert. En mand, man ikke løber om hjørnerne med. Han bestiller et glas portvin med angostura og siger skæmtende, godmodige bemærkninger til tjeneren.

Der er Nielsen. Han vil sludre med ham. Nielsen skal have en genstand. Lundegaard er aldeles ikke for fin til at tale med en markør, selv om han er i uniform. Nielsen vil bare have en øl. De skal tage, hvad De helst vil have, siger Lundegaard venligt. Lundegaard er pure menneskekærlighed. Har råd til at være det. Andre ville falde sammen. Og ende på socialkontoret. Lundegaard møder problemerne som et mandfolk, og ordner dem. Desuden er hele denne suppedas jo kun en overgang. Det er tiderne.

Nielsen vil jo gerne give valuta for øllet og fortæller nogle af de gængse anekdoter. Lundegaard morer sig ubehersket. Særlig over en med erotisk pointe. Han fortæller også et par historier. Udgiver dem for at være selvoplevelser. Nielsen har hørt dem hundrede gange før, men lader som om det er første gang. Lundegaard værdsætter denne taktfølelse med en ny omgang.

Restauratøren slår et slag ned gennem lokalerne. Han

kigger på billardtavlerne og kommer med bemærkninger om spillet, så man skulle tro, hans velfærd afhang af, hvem der vandt. Naturligvis aner han ikke, hvad der står på tavlen. Han har lige været inde og se, hvor meget der i dagens løb er slået på kasseapparatet, og det er det tal, han ser for sine øjne, hvor han så vender dem hen. Bliver det ved på den måde, kan han lige så godt lukke forretningen. Folk skulle vide, hvor store omkostninger der var ved sådan en salon. Og man kan jo ikke røre sig nutildags for skatter og afgifter. Staten lammer sgu initiativet på den måde. Restauratør Berg kan ikke lide det offentlige, det lægger en spændetrøje på folk, der i disse vanskelige tider har mod og initiativ til at stable en forretning på benene. De kvæler sgu næringslivet på den måde. Det er derfor, der er så megen arbejdsløshed. Staten burde ikke blande sig i forretningslivet. Og al beskatning burde være indirekte. For øvrigt interesserer politik ham ikke, bare han må få lov at være her og drive sin forretning uden at skulle møde forbud, vedtægter, skatter og afgifter for hvert skridt, han gør.

Nielsen og Lundegaard kan meget godt sammen. Nielsen fortæller om de forskellige gæster. Den høje, mørke derhenne har en overordnet stilling i magistraten og ynder at sige, at det kun er lykkedes ham at avancere ved omhyggeligt at skjule sine evner og kundskaber. Han spiller med en kollega, der har opnået sin stilling i kraft af, at han hverken har evner eller kundskaber. Det gjorde det lettere for den sidste. Han havde ikke noget at skjule, medens den første bestandig måtte passe på ikke at røbe sig.

For øvrigt burde der renses ud i den magistrat, sagde Nielsen. Nu var der igen blevet svindlet. Og det drejede sig om millioner. Og det var kunderne fra kommunens udsalgssteder, der havde måttet betale, de allerfattigste altså. Hvis man troede, folk ikke lagde mærke til sådan noget og huskede det, så tog man fejl. Korruptionsaffærerne var den største fare for folkestyret.

Nu er Lundegaard igen overrasket. Folkestyre, siger han, vi kan jo være ligeglade. Politik bryder han sig ikke om at diskutere. Jeg har sgu nok i mit eget, siger han. Jeg har hjem og familie at sørge for og vanskeligheder på alle leder og kanter.

Men det med den høje, mørke morer ham. Det er rigtigt nok, siger han. Jeg havde en onkel på landet, der var købmand, en af de her rigtige, gammeldags provinskøbmænd, som slet ikke findes mere. Jeg var der som feriedreng, og jeg kan godt sige, at jeg ikke kedede mig. Der skete noget hver dag. Han handlede med korn og heste og alt muligt, manufakturvarer også. Når han skulle sælge en hest, der var lidt dvask i det, kom han en skrå op under halen på hesten. Jeg skal love for, at det hjalp, hesten blev så sprælsk og fyrig, at der var ingen ende på det, slog bagud og dansede som en cirkushest. Når bønderne kom med vognen fuld af korn og andre ting, læssede hans butikssvende varerne af vognen og vejede og talte op, mens onkel førte regnskab. Det gjorde han på den måde, at han satte kridtstreger på disken. Bønderne stolede på onkel som på Vorherre selv. Så gjorde de deres indkøb, og onkel slettede af kridtstregerne, efterhånden som bestillingerne skred frem. Når de så var færdige med at handle, tørrede han med ærmet resten af kridtstregerne ud og sagde, at så skulle bonden altså have 30 kr., eller hvad det nu kunne blive. Og så talte han pengene op med store bevægelser, som om det var en hel herregård, bonden fik. Han tørrede vel nok bønderne, den gamle gavtyv. Og så drak han dem til. Lidkøb. Alt det sprut, den mand kunne tåle. Men det var det jeg ville sige med hensyn til de fine folk fra magistraten, De talte om, at onkel antog sine butikssvende efter samme princip. De måtte ikke være for durkdrevne. Skulle helst være sådan lidt træge i det, hvad forstanden angik. Og de måtte heller ikke se for godt ud, onkel havde en køn kone og ville helst beholde hende for sig selv. Og han kendte kvinderne. Han havde selv været butikssvend, inden han fik forretning.

Nielsen og Lundegaard kan storartet sammen. De får den ene lille genstand efter den anden. Nielsen prøver med oplysninger af faglig interesse, han kender jo ikke Lundegaard sådan: L'hombren er ved at komme på mode igen. Men Lundegaard er sgu ligeglad, han spiller hverken l'hombre eller bridge. Eller billard. Men stadig med tankerne hos sin salig onkel siger han, at på landet kender man heller ikke sådanne spil. Der spiller man ligeud, mausel, halvtolv, bedstemor med slav i, og sådan noget. Det er mere for almindelige mennesker. Og skal nok være lige så fornøjeligt. Da han var soldat, spillede han sjavs.

Det er det med det fornøjelige. Nielsen viser ham, at her på salonen ser de allesammen fornøjede ud. Men det er bare løgn, siger Nielsen. Se f. eks. på tjeneren derhenne, der står og morer sig storartet over en gæsts dumme bemærkninger, hver halve time går den tjener ind i telefonboksen og ringer til hospitalet. I forgårs fik hans kone en lille, og jordemoderen tog så klodset på den, at den har fået brok og vistnok skal opereres. Og nu ringer han hver halve time til hospitalet. Han er kun nogleogtyve år gammel og har været gift et halvt år. Det er den førstefødte.

Ja, sådan har vi jo vores allesammen, siger Lundegaard eftertænksomt. Men nu er Nielsen blevet ivrig og vil ikke forlade temaet. Den anden tjener har vand i knæet, og han må regne med, at benet bliver stift, han er blevet så modfalden over det, at han er begyndt at gå til en naturlæge, det koster ham en masse penge og hjælper ikke et hak. Men man vil jo ikke lade noget uforsøgt. Og værten, der ser så strålende velfornøjet ud, er i virkeligheden det modsatte. Det er bare en maske, siger Nielsen.

Å, livet er sgu ikke mere trist, end man selv gør det, siger Lundegaard lidt kort for hovedet. Selvfølgelig har vi vores allesammen. Men livet har sgu da også sine lyse sider. Man skal bare ikke tage for tungt på det.

Men Nielsen bliver stædigt ved. Buffisten har før været typograf, men fik blyforgiftning og bliver aldrig helt rask. Og ham, der var her og tigge før, ham der manglede tre fingre, var før kanonsmed og tjente en god ugeløn, til han fik den ene hånd smadret.

Kanonsmed? spørger Lundegaard.

Ja, på rekylgeværfabrikken.

Nå, så fik han vel erstatning, siger Lundegaard affejende og kynisk. Hvad kommer det egentlig ham ved. Vi får jo allesammen vores små knubs her i Livet. Hvis man skulle gå og græde over det, fik man sgu nok at bestille.

Små knubs? siger Nielsen forarget.

Nu har Lundegaard fået nok af bedrøveligheder. Desuden er han ved at blive halvfuld. Han har jo heller ikke været hjemme til middag, har ingen mad fået. Med en tom mave tåler man ingenting.

De kan få mad her, siger Nielsen. Men Lundegaard foretrækker at gå. Han vil hen et sted, hvor der er musik og pigebørn. Færdig med bedrøvelighederne. Han ved sgu udmærket godt, hvordan han skal tage tilværelsen. Han er ved at tilpasse sig de nye vilkår. Før var han manufakturhandler Lundegaard med sociale ambitioner, nu lever han på vulkaner. Det kræver beslutsomhed, hårdhed. Man har sgu da ikke tid til at gå og hænge med hovedet over andre folks besværligheder.

VIII

Her er der brogede papirguirlander i loftet og serpentinedans to gange om ugen, sjokfyldt fredag og lørdag og halvtrist de øvrige dage, piger med deres kærester og piger med andres kærester. Kan man ikke fremtrylle stemning, kan man i det mindste fremtrylle stemningssymptomer. Tre mand udgør et band med et flot amerikansk navn og malet stortromme. De tre arme djævle er i skjorteærmer og leverer imiteret stemning for fuldt drøn. Her er liv og glade dage, her går solen aldrig ned. Deres anstrengelser skyldes ikke mindst, at deres engagement snart er udløbet, og at den gamle, restauratøren altså, sidder i sofaen ovre i hjørnet og ser tillukket ud. Hver eneste af personalet ved, at den gamle sidder i hjørnet og har maske på, hver eneste af dem har en stille angst for at blive fyret. Der skal ikke så meget til, når den gamle er i det humør. Den gamle har kig på mig, tænker hver eneste af dem. Og man ved jo ikke, hvornår man kan få noget andet. Og når man har kone og børn. Altså er tjenerne elskværdige og hurtige, altså er musikken fuld af humør og liv.

Selvfølgelig er Lundegaard allerede kommet i selskab. Lundegaard er så typisk et emne for en foretagsom pige, at han ikke kan sidde ret længe, før han har selskab. Lundegaard er en fisk, og han er en taknemmelig fisk. Pigen ved nok, hvordan hun skal fange en mands interesse. Hun er måske tyve år. Hendes kæreste siger, at hun er skrap, at hun kender lusene på gangen. Hun har erfaring. Kan ungdommen og charmen ikke gøre det, kan et glimt af noget nøgent gøre underværker.

Selvfølgelig ser man straks, at Lundegaard ikke ligefrem er nogen guldfisk. Bare en ganske almindelig lille fisk. Ellers havde det amerikanske band for længst intoneret den om, at musikken er tørstig, eller den om, at vi vil ha' øl, vi vil ha' øl. Ikke alene for øllets skyld, men det giver omsætning. Og værten sætter pris på omsætning.

For resten har Lundegaard vel aldrig set så tyk en mand som den vært. Pigen siger, at af det stykke stof, der er gået til hans vest, kunne der sys en habit til en voksen mand. Og det er meget muligt, at det er rigtigt, han ser ud til at veje 400 pund.

Ved bordet ved siden af sidder der en lille, gammel mand, der for enhver pris vil sludre med Lundegaard. Pigen er ikke glad for det, og Lundegaard er sgu ærlig talt også helst fri for at høre på hans vrøvl. Men hver gang, der er pause i musikken, er han der igen. Han er ivrig og påtrængende. Han må og skal have sagt, hvad han har på hjerte. Han kender alle værtshusene på hele Vesterbro, hvert evig eneste et. Om den herre nogensinde har tænkt over, at der ikke er to værtshuse, der er ens, på hele Vesterbro. Og så holder han et helt foredrag om værtshuse. Kaffevognene og pølsevognene tager han med, det er også en slags værtshuse, siger han. Valencia for den sags skyld også. Det er værtshuse allesammen. Selv om nogle er så fine på den, at de kalder sig restaurationer og ikke tillader folk at komme ind uden flip. Han har sgu ikke overdrevet, han kender dem allesammen. Både dem med selvbetjening, hvor indehaveren selv står ved buffeten og hans kone i køkkenet, og automaterne og mælkerierne og spisekøkkenerne uden alkohol. Værtshuse allesammen.

Pigen siger, at Lundegaard ikke skal høre efter alt det vrøvl, det er en gammel original, der hedder Frants og lever af at gå rundt på beværtningerne og sælge barberblade. Og pigen prøver med sit knæ at stimulere Lundegaards interesse.

Men nu er Lundegaard rent ud sagt blevet så fuld efterhånden, at han hverken interesserer sig for tyveårige silkeknæ eller noget forbandet vrøvl om værtshuse. Han vil ud i den friske luft.

IX

Den kolde natteluft gør ham nøgtern igen. Først og fremmest er det ubehageligt at være fuld, dernæst er det løgn og overtro, at man glemmer sine fortrædeligheder, når man er fuld, dernæst er det ubehageligt at vide, at man har brugt for mange penge. Selv om man er kommet let til dem. Men hvad der kommer let, går let.

På hjørnet af Istedgade og en af sidegaderne er der oploh. Og en elektrisk klokke ringer, så det kan høres i hele kvarteret. Det er en tyvealarm i en butik. Der er allerede kommet to betjente. De har standset klokken og anholdt to unge mennesker, der stod op ad ruden. Hele flokken af tilskuere står som en mur udenom de anholdte og betjentene. Det er let at se, at flertallets sympati er hos de anholdte. Lundegaards sympati er også hos de anholdte. Nu har han jo ikke forretning mere, ellers havde den vel nok været hos betjentene. Nu trækker betjentene af sted med de to, fulgt af det meste af flokken.

Lundegaard bliver stående. Enkelte andre bliver også stående. Nu er betjentene drejet om hjørnet med de anholdte, men der står stadig en lille trofast flok foran butikken og diskuterer.

Og så pludselig, med et sæt, ryger butiksdøren op, og en mand styrter som et vildt dyr ned ad gaden. Så pludseligt er det sket, at de tilstedeværende først bliver klar over det, da han er langt pokker i vold.

Det var som satan, er der endelig en, der siger. Ingen råber: Stop tyven. Tværtimod. De gotter sig. Nu går betjentene nede i sidegaden med de to. Og det var altså slet ikke dem. Det er sgu da næsten for grinagtigt.

Værtshusatmosfæren har alligevel bragt Lundegaards blod i oprør. Han står og tænker på pigen i den lilla dragt. Der er noget levende og varmt ved pigen i den lilla dragt. Hun siger Skat til ham. Men ikke på nogen professionel måde. Hans kone siger aldrig Skat til ham. Har i det hele taget aldrig sagt noget i den retning til ham.

Og da han er nået op til Vesterbrogade, træffer han virkelig pigen i den lilla dragt. Hun bliver glad ved at se ham, men det er nok nærmest, fordi det jo er koldt på denne tid af året at gå på gaden, og desuden skal hun bruge penge, mange penge. Til at betale en bøde, hendes kæreste har fået for værtshusuorden. For øvrigt har hun ikke haft kæresten så længe, men altså længe nok til at blive lige så håbløst fattig igen, som hun har været før. For det var jo egentlig slet ikke så lidt, hun havde fået sat i sparekassen efterhånden. Mange hundrede kroner. Hun gik jo og drømte om den lille forretning, hun en dag ville starte, når hun havde fået samlet nok sammen. Hjemme i Hobro ville de nok gøre store øjne, når de hørte, at hun havde fået forretning. Vaskekonens datter fra Hobro. Vaskekonen med de otte børn. Men nu havde han jo altså efterhånden hævet alt, hvad der stod på bogen. Undtagen den sidste krone, så havde man da bogen og kunne lettere få begyndt igen.

Men pigen i den lilla dragt beklager sig ikke. Hun betragter det som sin skæbne, som noget uafvendeligt. Desuden bærer alt i denne verden gengældelsen i sig selv. I sentimentale øjeblikke bliver hun let religiøs og filosofisk. Den, der dræber ved sværd, skal omkomme ved sværd.

X

I morgengryet vandrer August Lundegaard gennem de øde gader mod sit baggårdshjem. Hist og her er der tændt lys. Det er folk, der skal tidligt op og på arbejde. Desuden er der lys hos bageren på hjørnet og nede hos skomageren. Bladmanden er ved at gøre sit skur i stand. Det var ærlig talt meget bedre, om man havde noget rigtigt arbejde. Med fast ugeløn. Så vidste man da, hvad man havde.

Men Lundegaard er blevet for gammel til at gå hen og få korporligt arbejde. Desuden er det jo ikke til at få noget. Der er 100,000 arbejdsløse. Og desuden. Nu kommer det igen, det med grosserertitlen og lykkedrømmene, forretningen, der gik nedenom og hjem, og alt det der. Nu er det sgu igen ved at bryde sammen for Lundegaard. Han står der i den morgenkolde, grå gade og erkender, at han er slået ud. Han står og ser det gule lys i skomagerens butik. Ovre på den anden side går en gadefejer med sin store kost.

Han står der i sin gabardinefrakke og ryster af kulde og utilpashed. Han ved godt, at hans nye, flotte livsanskuelse, den med at være kynisk og brutal, den med at klare situationen ved manøvrer, ikke dur. Han ved godt, at hvis det bliver ved på den måde, går det hele ad helvede til. Det er jo sådan set allerede gået ad helvede til. Hr. Salomonsen, Annas underskrift, stoffet og de inkasserede penge. Han ser godt, at det er hans livs linje, der har fået et knæk. At resten af hans liv kun vil blive nød og elendighed. Og et menneske har jo kun ét liv. Der skal et mirakel til, for at det skal komme til at gå anderledes. Og en kold, grå aprilmorgen i en sidegade tror man ikke på mirakler. Lundegaard i hvert fald ikke.

En krøbling med en lille sæk under armen går forbi ham og ned til skomageren. Han tømmer sækkens indhold ud på disken, en fem seks par fodtøj. Han har kun én hånd. Der, hvor den anden hånd skulle sidde, stikker der en jernkrog ud af jakkeærmet. Men den jernkrog bruger han også næsten lige så godt som en hånd. Lundegaard har set ham før. Han ved godt, at det er en, der går i de fine kvarterer og tigger fodtøj, som han så sælger til skomagerne, der gør det i stand og sælger det som brugt fodtøj. Nu får krøblingen nogle mønter stukket i hånden. Han spytter på dem og lader dem glide ned i lommen. Der er lykke ved at spytte på de første penge, der rasler ned i lommen. Når lommen er tom. Og det er den hver morgen.

Lundegaard går ind gennem sin port og op ad trappen. På mellemafsatsen står der barnevogne og gamle cykler, så han må kante sig forbi.

Hans lille toværelsers lejlighed er tom. Vinduerne er lukket op, og der er koldt. Hans seng står opredt. Sådan har den stået hele natten parat til at tage imod ham. Mens han var ude at bruge penge på druk og pigesjov, penge, han havde bedraget sig til. I soveværelset er sengene ikke redt, man kan se, at de er varme endnu. Anna er selvfølgelig kørt på arbejde, og hans kone er vel lige gået et ærinde. På køkkenbordet ligger en seddel med en besked til ham. Den er skrevet med blyant, med fru Lundegaards stejle bogstaver. På sedlen står der:

»Politiet har været her og ville tale med dig. Jeg er gået efter sytøj og kommer straks.«

FEMTE KAPITEL

I

I nogle minutter står Lundegaard ganske stiv og stirrer på papirlappen. Det er bagsiden af en brødpose, og bogstaverne er knudrede og kantede, fordi køkkenbordet, der har fungeret som skriveunderlag, er fuldt af revner og sprækker. Han har endnu ikke fået overtøjet af, han ser snavset og uvasket ud, det hæklede halstørklæde er krøllet og beskidt, skoene tilsølede, hænderne blåfrosne og smudsige efter en nats sold og hor.

Nu spekulerer forhenværende manufakturhandler August Lundegaard igen på den tredje udvej, den udvej han for første gang i sit liv for alvor overvejede, da han stod nede i Nybrogade og ikke turde gå ind på Assistenshuset. Selvfølgelig har han haft selvmordstanker før. Hvem har ikke det. Der var engang, det var før han lærte sin kone at kende, en pige han gik sammen med. Hun var bagerjomfru og både dum og grim. Og han havde så småt besluttet sig til at slå op med hende, da hun en dag meddelte ham, at det måtte være forbi mellem dem, han var alligevel ikke noget for hende, og hun fortalte ham rent ud, at hun havde fået sig en anden kæreste. Så var Lundegaard pludselig blevet klar over, at hun var den eneste pige, der betød noget for ham, at livet ville blive en ørken uden hende, og han havde gjort de mest desperate forsøg på at vinde hende tilbage, spadseret i timevis i nærheden af hendes bopæl i håb om at træffe hende, havde skrevet til hende, havde drukket sig fuld i en beværtning, der lå lige overfor bageriet, altsammen uden resultat. Så var han blevet fortvivlet og var begyndt at overveje, hvilken dødsmåde, der mon var den lempeligste. Når hun så læste i avisen, at han havde taget livet af sig, ville hun forstå, hvor højt han havde elsket hende og angre sin træskhed. Det var måske nærmest det, at hun eventuelt aldrig ville få det at vide, der fik ham til at opgive sit forehavende. Hun læste nemlig aldrig aviser.

Det varede i virkeligheden det meste af et år, før han havde overvundet den krænkelse, hun havde tilføjet ham ved at forsmå ham. Senere i livet havde han truffet hende et par gange, uden at det havde gjort det ringeste indtryk på ham. Han nærmest morede sig over, at han dengang kunne være så fjollet. Det havde vel heller ikke været alvorligt ment med det selvmord. Inderst inde havde der jo nok luret det håb, at han ville blive reddet i sidste øjeblik og blive bragt på hospitalet, hvor hun så ville komme og besøge ham, sidde ved siden af sengen med hans hånd i sin, se på ham med sine mandelformede øjne og sige: August, fra nu af vil vi aldrig skilles mere. Når han tænkte tilbage på alt det, skammede han sig over sin egen latterlighed. Og i virkeligheden havde hendes øjne slet ikke været mandelformede, det var noget, hans fantasi havde udstyret hende med, efter at hun have forsmået ham.

Det han stod og overvejede nu, mens han stirrede på papirlappen, var noget ganske andet. Det var en definitiv løsning af alle problemerne på én gang på baggrund af en klar forståelse af, at resten af hans usle tilværelse alligevel intet smukt eller interessant havde at byde ham, kun fattigdom og kamp, måske fængsel og vanære.

Det måtte altså være det med stoffet, det var galt med. Om det nu var på Assistenshuset eller på klædelageret, de havde opdaget det. Nu var altså det hele forbi.

II

Der kom nogen på trappen. Uvilkårligt rettede han sig op og glattede med hænderne nedover sit tøj. Ligesom han havde gjort i den sidste tid nede i forretningen, da hvert andet menneske, der kom ind ad butiksdøren, var en med en regning.

Vedkommende standsede udenfor. Lundegaard stod stiv som en støtte og stirrede på entredøren. Så blev der stukket en nøgle i døren, det var fru Lundegaard.

Lundegaard havde ventet en scene, men der blev ingen scene. Fru Lundegaard så træt og forgræmmet ud. Sagde ikke noget om, hvorfor han ikke havde været hjemme. Hun havde en bylt sytøj under armen. Mens hun pakkede ud, sagde hun, at han måtte nok hellere gå op til politiet allerede i formiddag.

Lundegaard var forbavset over, at hun tog det så forholdsvis roligt. Hvis jeg ikke går derop, henter de mig vel, sagde han. Hun vendte sig om og så forbavset, overrasket på ham. Henter dig?

Ja, henter mig, sagde han vredt.

Hun forstod ham ikke, sagde, at politimanden havde været meget flink og havde sagt, at han håbede, hr. Lundegaard havde tid, men at ellers måtte hun komme. Det var den samme, der var her sidst, sagde hun.

Med en gang forstod Lundegaard. Det var slet ikke ham, de var ude efter, det var jo Pouls sag. At han kunne være så dum. Og nu stod han der og havde nær røbet sig overfor sin kone.

Men fru Lundegaard havde vist ikke forstået noget. Hun var gået ind i soveværelset og havde lagt et rent halstørklæde frem. Sagde at han vel hellere måtte vaske sig. Og om han trængte til noget at spise. Og var allerede i fuld gang med at rede senge.

III

Poul fik 4 måneder. Det havde sagføreren, den beskikkede forsvarer også sagt, at man måtte vente. Det var vel taksten for den slags. Det går vel ganske automatisk. For øvrigt var sagføreren ikke selv tilstede, da dommen faldt, han havde sendt en af sit personale, der blot sagde noget om, at han anmodede om lovens mildeste straf for anklagede. I betragtning af omstændighederne altså. Poul havde ikke sagt noget. Manufakturhandler Lundegaard og hans kone havde heller ikke sagt noget. De havde bare set på hinanden. Og da de sagde farvel til ham, græd hun. Og Lundegaard, der i forvejen havde tænkt over, hvad han ville sige, fik heller ikke sagt andet end: Farvel, min dreng. Med en klump i halsen. Desuden gik det hele så hurtigt, det var næsten forbi, inden de fik begyndt. Men der var jo også så mange andre sager, der skulle for.

Selvfølgelig vidste kvarteret, at Poul Lundegaard havde fået fire måneder. Hvor faen de så vidste det fra. Grønthandlerens kone vidste det, avismanden vidste det, iscrembaren vidste det. Og selv folk, der ellers ikke kendte ham sådan, vidste det: Nå, ham den lyshårede med fregnerne, ham der altid stod i porten.

Og de kommenterede dommen med udtryk, de fandt passende. Hver efter sin indstilling. Avismanden sagde noget om det kapitalistiske samfund og arbejdsløshed, iscrembarens udtalelser var kyniske og faglige, grønthandlerens kones påtaget medfølende, markør Nielsen sagde, at der nok var mange, der bedre havde fortjent de fire måneder.

Og dagen efter talte man om noget andet. Der sker jo så meget hver dag. Tjenerens førstefødte, der havde fået brok og var blevet opereret, var død. Det skulle jo også kommenteres. Og en chauffør var blevet jaloux og havde kørt sig selv og sin kone i havnen. Man var jo nu efterhånden i maj måned, hvor jalousidramaerne og lykkelige og ulykkelige kærlighedshistorier fylder luften, i maj mangler man aldrig samtalestof, der sker masser hver eneste dag. Så er der en søvnløs ung pige, der har hørt den første nattergal, så er der et forelsket par, der har hørt gøgen kukke og så er der en avislæser, der har set en andefamilie med 10 småbitte ællinger i Sortedamssøen.

Og i år har man også Abessinien at snakke om. Selv om det snart er noget fortærsket. Men det viser i hvert fald, at man følger med. Desuden er der majdemonstrationerne, kommunisterne på den ene halvdel af Fælleden og socialdemokraterne på den anden. Og i avisen kan man læse at der er mere liv på fragtmarkedet, krisen er ved at lette, opadgående tendens præger varemarkederne.

Og nu kan man købe gasmasker. De er slet ikke dyre. Man kan få en pæn gasmaske for 12—15 kr. Og rejseselskaberne reklamerer med pinsetur til De kanariske Øer og Afrika, det skal være noget af det yndigste, rolig sø og høj himmel. Tivoli åbner i øsende regnvejr, og folk tager i skoven og plukker anemoner og brækker bøgegrene af. Bakken åbner også. Der er kommet vand i springvandene rundt om i byen, og i Utterslev Mose kan man hente sig sæsonens første myggestik. Kastanjerne blomstrer, frugttræerne blomstrer. Og på facaderne i forretningskvarterer er der hængt brogede markiser ud, fortovsrestauranterne har så småt fået søgning under de farvestrålende parasoller, der blusser i solskinnet og trækker øjnene til sig. Varmemåleren svinger mellem 7 og 13 gr. C., dagen er forlænget med 8 timer og alle forårets herlige grøntsager er kommet frem, nye kartofler, asparges, jordbær, blomkål, spinat, salat. De er bare så dyre, at de ikke er til at købe. For almindelige mennesker altså.

IV

Selvfølgelig elsker Anna ikke lageristen udelukkende fordi hun syntes at have mistet ham. Men når man har mistet noget, ser man bedre dets værdi. Og dets mangler forekommer pludselig ubetydelige og intetsigende.

Men lageristen har hidtil skjult sine dårlige egenskaber og fremhævet sine gode, nøjagtigt som en hane, der gør kur. Og nu, da han mærker Annas følelser, slår han om, gør sig ikke længere den ulejlighed. Nu har han hende jo. Han bliver fordringsfuld og hensynsløs. Anna vil for enhver pris overvinde hans ligegyldighed, vinde ham, forankre ham i forholdet, og er så hensynsfuld og omgængelig som aldrig før. Og så omhyggelig med sin påklædning og sit hår som aldrig før. Det var ikke mindst derfor hun købte den swagger. Til trods for at hun ikke havde råd til det. Det er slet ikke så få penge at komme af med hver måned. For selvfølgelig kunne hun ikke købe den kontant. Hvor i alverden skulle hun få de penge fra, det var svært nok at skaffe udbetalingen.

Og hun havde ellers tænkt at sige derhjemme, at hun havde fået gagepålæg, men nu må det altså vente indtil videre, hvis hun skal klare de månedlige afdrag. Det værste er, at hun en uge senere så en swagger nøjagtig magen til i en anden forretning 30 kr. billigere. 30 kr. er mange penge. Men måske får hun snart gagepålæg igen, afdelingschefen er glad for hende og hun gør gode fremskridt på tegnestuen. Hun er flittig og har anlæg. Passer sine ting.

Forårsvejret er køligt og regnfuldt. Alligevel er denne tid vidunderlig. Næsten al sin fritid er hun sammen med lageristen. De har været i Dyrehaven, de har været i Cirkus, og en søndageftermiddag havde de en langelinietur af den slags, man husker i årevis. Havneindløbet var fuldt af smukke lystyachter og luften så frisk og vårkrydret, at man blev ør af det. De var gennem Kastellet og sad en time på Smedelinien, der var en overdådighed af duftende vilde planter. Af bare forårskådhed spiste de is ved en isvogn. Af bare forårskådhed løb de omkap op ad trappen ved den svenske kirke. Af bare forårskådhed tog hun ham med hjem til eftermiddagskaffen uden i mindste måde at have forberedt det. Til stor overraskelse for moderen, der slet ikke var påklædt til sådan at blive præsenteret for sin tilkommende svigersøn.

V

Det er sådan set lige meget, om man er indiansk carretero, kinesisk kuli, italiensk havnesjover eller københavnsk billardmarkør. Man hænger i møget, og dér bliver man. Proletarens lod er ens hele jorden over, hvad enten han går med flip og pæne sorte sko eller han går barhodet og med et broget halstørklæde. Når den indianske carretero i Mexico hører om minearbejderen i Kiruna eller om mekanikeren i Detroit, om soldaten i Chiang-kai Sheks kinesiske armé eller om en steppende neger i Harlem, spærrer han øjnene op og lytter betaget. Ja sådan skulle man leve, så var der noget ved livet. Og når den ægyptiske fellah hører om en parisisk tjeners tilværelse i smukt udstyrede saloner, hvor der er skønne kvinder og musik, og hvis arbejde kun består i at sætte en flaske vin og to glas på et bord med blomster og sige voila, forekommer hans egen slavetilværelse ham som et helvede uden sidestykke. Og når den københavnske billardmarkør ser en stump film, der handler om bøndernes liv i det skønne Kroatien, er han straks klar over, at han er kommet på den forkerte hylde og at han nu burde sidde i tyrolerkostume ved foden af et bjerg og se på solnedgangen.

Men det er kun et øjeblik. Når man fra romantikkens biografmørke igen er kommet ud på virkelighedens halvkolde gade, er man atter klar over, at proletarens lod på den østlige halvkugle ikke adskiller sig stort fra proletarens på den vestlige. I hvert Fald ikke på de afgørende områder. Nu er Nielsen jo så heldig at leve i et demokratisk land i det frie Norden, hvor der både er skolegang og hygiejne, folkeregister og gratis konsultation i kønssygdomme. Og alligevel har han ikke stort at prale af overfor sine uvaskede brødre i Mexico og Kina. Han tjener nøjagtig så meget, at han kan betale sit logi og få tilfredsstillet sin sult. Det synes at være en fast regel over hele jordkloden, at jo længere arbejdstid en proletar har, des mindre tjener han. Nielsens arbejdstid andrager 70 timer ugentlig. Og han tjener mindre end en organiseret arbejder, der arbejder 48 timer ugentlig. En ko på en fynsk herregård har også kost og logi. Hvis man så endda var sikret sit udkomme i fremtiden. Men man ved jo aldrig, hvornår man bliver fyret. En romersk slave var bedre garderet. En fynsk ko er bedre garderet.

Pludselig en dag kan en gæst blive urimelig. Spillere bliver let urimelige. Særlig når de taber. Og så kan man tabe besindelsen. Man er jo kun et menneske. Hvorfor skal man lade sig byde alting. Og så er spillet gående. Gæsten klager og værten siger til markøren, at han må hellere tage sit tøj og gå. Og han skal ikke komme tilbage. Der er ikke noget at sige til det, en gæst betyder alligevel en del penge mellem år og dag, markører kan man få nok af. Det er slet ikke et spørgsmål om hvem der har ret, hvis værten skulle drive sin forretning efter det princip, gik han snart nedenom og hjem. Og værten har sgu vanskeligheder nok i forvejen.

Nielsen er pålidelig og passer sit arbejde. Men det er slet ikke det, det kommer an på. Det er meget vigtigere at være omgængelig og at tage uforskammethederne og uretfærdighederne som om man havde fortjent dem. Der skal såmænd ikke så meget til for at blive fyret. Når man går på arbejde, ved man faktisk ikke om man er fyret, når man går derfra.

Og så kan man stå på gaden og tænke misundeligt på den romerske slave og på den fynske ko. For selv om arbejdet ikke er meget værd, ja selv om det rent ud sagt er et helvede, så er det dog arbejde. Og arbejde hænger ikke på træerne. Der er nok, der vil springe til i det øjeblik man blev fyret.

Så har man selvfølgelig socialkontoret at falde tilbage på. 13,50 kr. om ugen. Og man risikerer at blive sendt på landarbejde. Det føles som noget i retning af at blive sendt til Sibirien. Noget i retning af at blive forvist. Straffearbejde. Så hellere tage chancen og rende rundt med en mappe og handle med et eller andet ved dørene.

I begyndelsen man har arbejde, er man så lykkelig bare over det, at man har arbejde, at man slet ikke lægger mærke til, hvor elendigt det er. Bare det, at man ikke skal gå og slide brostenene og føle sig udstødt og overflødig. At man har råd til at købe et par sokker og et billigt slips. Og skrabe sammen til udbetalingen på et sæt tøj.

Men hvad satan nytter det hele, når der ingen perspektiv er i tilværelsen. Hvad skal det hele blive til. Man kan da ikke gå og være markør hele sit liv. Det er umuligt at lægge noget som helst til side af de par ører man tjener. Med 30 kr. om ugen kan man jo knap nok dække de almindelige udgifter. På fridagen har man sgu dårlig råd til at gå ind på et mælkeri og drikke kaffe eller gå ind i Hovedbanegårdens biograf og se ugerevyen.

Det er bare at møde på billardsalonen til tiden og så gå hjem igen hen ad morgen. Og næste dag det samme om igen. Og sådan vil det antagelig blive ved at gå. I uoverskuelige tider. Han kan i det mindste ikke se, hvor forandringen skulle komme fra. Med mindre han altså bliver fyret.

VI

En dag gjorde Lundegaard noget mærkeligt. Han tog i skoven. En ganske almindelig hverdag. Det var selvfølgelig meningen, at han skulle ud på Nørrebro og inkassere. Først og fremmest skulle han ud til Andresen, der boede i Thorsgade. Andresen havde købt et sæt blåt cheviot. Andresen arbejdede på Isværket, men var ledig for tiden. Blev ved at skyde sig ind under, at nu kom sæsonen jo snart, hvor Isværket ville få travlt. Bare lidt tålmodighed, han kom snart i arbejde og så skulle han hurtigt få betalt de par ører, så han kunne blive fri for det renderi. Somme tider var han grov overfor Lundegaard, somme tider appellerede han til Lundegårds forståelse. Jamen hvorfor ventede De så ikke med at købe tøjet, til De var kommet i arbejde. Herregud, mand, svarede Andresen. Der var jo det foreningsbal, vi skulle til, og min kone havde jo glædet sig så meget til det. Man har jo ikke mange fornøjelser. Og desuden havde jeg jo ikke købt det på afbetaling, hvis jeg havde haft arbejde. Somme tider var han underdanig og sagde hr. inkassator, men penge fik Lundegaard aldrig. For øvrigt mente Andresen nok, at han en dag ville blive fast mand på Isværket, måske salgskusk. Selv om han godt vidste, at det ventede de allesammen at blive og at der kun var brug for forholdsvis få salgskuske. Men hvis man ikke havde sådan noget at gå og se frem til, var det hele jo ad helvede til. Det var jo sådan, at Isværket beskæftigede mange flere i sæsonen, og at disse så naturligvis blev arbejdsløse, når sæsonen var forbi.

Lundegaard veg ikke tilbage for at holde moralprækener for ham. Så måtte man virkelig lægge penge til side, mens man havde arbejde. Lundegaard var forarget. Hvad fanden lignede det at købe tøj på afbetaling for at komme til bal, når man ikke var i stand til at overholde afdragene.

Og så legede de kispus med ham. Andresen var aldrig hjemme. Og nu havde de lige betalt husleje. Og så videre. Men hvis Lundegaard ville komme på fredag, skulle de lægge dem til side til ham. Og når Lundegaard så kom om fredagen, blev der overhovedet ikke lukket op.

Men nu gik den altså ikke længere. Nu havde Lundegaard truffet aftale om, at han skulle komme i dag og hente et afdrag, og hvis de ikke overholdt aftalen, gik sagen til kongens foged. De måtte selv om det. Lundegaard kunne ikke gøre for det. Det var noget, de bestemte inde på kontoret. Det skulle allerede være sket for længe siden, men han, Lundegaard, havde dækket over dem og sagt, at det var flinke og solide folk.

Men så i stedet for at tage på Nørrebro, tog Lundegaard altså i skoven.

Det var vel nok nærmest, fordi det var første gang, han rigtig for alvor blev klar over, at det var forår. På Vesterbrogade var han kommet ind i en hel stime af cyklister. Cyklerne var nypudsede og funklede i solen. Og to piger, der søgte at overhale ham, havde cretonnekjoler på og var så kåde og forjættende som selve foråret. Og ved Rådhuspladsen blev han helt blændet og ør af solen.

Tænk at skulle ud på Nørrebros trappegange i det vejr. Der var såmænd heller ingen hjemme i det vejr. Han stillede cyklen ved Nørreport og tænkte, at han bare ville slå et slag ind i Botanisk Have. Bare en halv times tid. Sidde på en bænk og slikke solskin. Man skyldte også sit helbred at tage den lidt med ro engang imellem. Ellers ville han jo heller ikke kunne holde til de krav, der blev stillet til ham. Det var jo ham, det hele hvilede på.

Og så da han stod der lige indenfor Havens indgang og så på Pallas Athene, var Nørrebros trappegange rykket så langt bort i hans bevidsthed, at han inderst inde var klar over, at i dag kom han ikke på Nørrebro. Pallas Athene stod med sin hjelm i hånden. I hjelmen havde et spurvepar bygget rede. Det så grangiveligt ud, som om Pallas stirrede forbløffet på hjelmen, hvor strå og småkviste strittede uordentlig ud til alle sider.

Selvfølgelig kunne man lige så godt tage rigtig i skoven. Det var jo kun et øjebliks sag at komme derud med S-toget. Og han trængte til ro. Trængte til at gennemtænke det hele i ro. Det ville bevirke, at han i de følgende dage ville kunne arbejde så meget desto bedre. Han satte således ikke noget til ved det.

Måske var det fjollet. Skoven var jo knapt nok grøn endnu. Men det var jo heller ikke for at feste, han tog i skoven. Aldeles ikke. Han tog i skoven, fordi han trængte til ro. Og til at være alene. Til at komme hen et sted, hvor der ingen mennesker var.

Måske ville han fortryde det, når han kom derud. Skovbunden var sikkert gennemblødt. Det havde regnet så meget i de sidste dage. Måske var det sådan lidt latterligt at tage i skoven alene. På en hverdag. Endnu før den var rigtigt sprunget ud.

Men han trængte sgu sådan til at se andet end trappegange. Nede i Botanisk Haves sø tog ænderne bad. De gjorde det på den måde, at de med et rask sæt jog hovedet ned i vandet og op igen, så vandet strømmede hen over deres ryg. Og en spurv var tumlet ud af Pallas' hjelm og lå på maven i havegangens grus og teede sig med udbredte vinger, baskede sig i gruset og kvidrede som om den var besat. Den havde måske lus. Det var måske dens måde at klø sig på.

Så sad inkassator Lundegaard i S-toget på vej til Klampenborg.

VII

Lundegaard går og går. Han er dirrende urolig og opstemt med alle sanser åbne. Som en fange, der er undveget, men er klar over, at han inden solnedgang atter sidder bag lås og slå. Han går over Eremitagesletten, forbi Hjortekær, gennem Rådvad og Stampen, igen sydpå ad stier og tværs over den åbne slette. Han ligger en time på ryggen i solskinnet på en græsskrænt i det indhegnede stykke ved Fortunen, stirrer op i den blå himmel, følger de drivende skyer med øjnene. Til trods for at han ved det er en farlig sport på denne årstid, hvor jorden er klam.

Og inde i byene går man nu og spørger, hvor foråret egentlig bliver af i år. Herude er det som en sommerdag. Luften, lydene, de mange dufte, der af den milde vind føres forbi hans næsebor. Byen står for ham som noget fjernt. Byen repræsenterer alt det, man helst vil glemme, nederlagene, modgangen, omsonst stræben. Naturen her synes at annullere det hele. Siden han var en lille dreng, der sad på en grøftekant i Jylland og snittede fløjter af pilegrene, næsten skjult for de vejfarende af burrer, mælkebøtter og døvnælder, har han ikke været naturen så nær. Nu er han her igen, og det synes, som om alt det mellemliggende er ligegyldigt, bare en række år, der er gået.

Midt i al elendigheden, i atmosfæren af drukkenskab og lovovertrædelser, af selvødelæggelse, føler Lundegaard sit menneskejeg så bevidst som aldrig før i livet, den groende frodigheds væsen er ham så nær som aldrig før, han kan finde på at tage våd muld i sine blege byhænder i en ubevidst trang til at komme i kontakt med al livs oprindelse, hans følelsesliv er abnormt modtageligt, hans nerver mere vågne, hans blod er vågent, hans sanseliv har klang og farve. Han er bragt ud af den maskinmæssige, rolige, stupide ligevægt, står ansigt til ansigt med tilværelsens rå krav. Med sin gabardinefrakke, sin lille inkassatormappe, sine lorgnetter og sit hæklede halstørklæde er han trods alt et led i naturen, i slægt med træerne, planterne, dyrene. Måske vil han gå til grunde, ja sikkert vil han gå til grunde, men han har dog et øjeblik anet den lov, der er universernes.

VIII

Men den store maskine griber atter Lundegaard og fører ham tilbage til byen. Et sted i hans hjerne står skrevet, at han skal ind i firmaet inden lukketid. S-toget tager Lundegaard, sporvognen tager Lundegaard, pligten tager ham. Det er galt nok, at Andresen i Thorsgade for fremtiden vil hænge sin hat på, at han i dag har siddet hjemme hele dagen med pengene i hånden og ventet på Lundegaard. Det er galt nok, at en mand i hans alder går og er ved at få pip, at en voksen, fornuftig mand kan finde på at trave rundt i skoven i stedet for at passe sit arbejde. De ville nok grine inde i firmaet om de vidste, at han, Lundegaard, ham der inkasserer på Nørrebro, havde siddet på en skrænt i Dyrehaven i en halv time og kigget på en klump mos, han havde i hånden, måske i en time. Han havde endnu jord under neglene, våd skovjord.

Og pludselig sker der igen noget.

Noget der ryster hans spinkle tilværelse i sin grundvold.

Og nu, hvor det ellers var begyndt at gå så tåleligt.

Det er noget ganske almindeligt og dagligdags, der sker. Men det gør ham bleg og får hans hænder til at ryste.

Det skete, da han var kommet ind på kontoret, havde sagt goddag, lagt sin hat på en stol og åbnet sin lille mappe. Bogholderen drejede sig halvt om imod ham og sagde:

Ja, det er sandt, Lundegaard. De skal have nyt distrikt, der er foretaget en omlægning. Så jeg må bede Dem om en opgørelse. I næste uge skal De begynde i Sundby.

Lundegaard kan ikke få et ord frem. Står bare og famler nervøst ved papirerne i sin mappe. Opgørelse. Jamen det er jo umuligt. Han mangler jo over 100 kroner. Nu ramler altså det hele. Nu er det forbi.

Bogholderen har allerede vendt sig om igen. Det er jo

ikke ligefrem nogen sensation, at en inkassator får anvist nyt distrikt.

Ja, siger Lundegaard så. Jeg får vist desværre ikke tid i aften, hr. Hansen, men jeg skal komme herind i overmorgen med opgørelsen.

SJETTE KAPITEL

I

Så er det blevet juni og varmere i vejret. Badelivet er i fuld gang, lejrlivet er i fuld gang. For øvrigt har Paris dekreteret, at nøgne rygge kun er tilladt i denne sommer, så længe solbadet varer. Også indenfor tennisverdenen sker der revolutioner. Siden den engelske dronning har tilladt, at deltagere i verdensturneringerne i Wimbledon spiller med bare ben, er alle kvinder lykkelige, for det er meget behageligere at have små, fine uldsokker til de hvide lærredssko med gummisåler.

I det hele taget skrider revolutionen frem. Nu havde man lige fået natbusser, der satte København på den anden ende og skabte sådanne scener, at folk var lige ved at begynde med at sige Borger eller Kammerat til hinanden. Og så har vi endda også fået nye omstigningsbilletter. Fremskridtet skrider godt frem.

Og nu skal der ophænges alarmsirener, der giver signal til mørklægning ved luftangreb, en politiassistent holder foredrag om politiets opgaver under et luftangreb, og på Enghavevejens brandstation demonstreres brandbomber. Men alligevel er det, som mister krigsforberedelserne deres gru og uhygge i den danske sommer, som om de blot smukt og harmonisk føjer sig ind i rækken af sommerforlystelser. Desuden er det jo nyt og interessant. Og foregår som regel med musikledsagelse. Pr. højttaler. Et hollandsk flådebesøg på Langelinie fortæller, at nu er det sommer i København, og selvfølgelig pynter de fremmede matroser i Tivoli.

Inde i firmaet, Lundegaards firma, går chefen i skjorteærmer, rød og oppustet. Når han da ikke er smuttet ud ad bagdøren og sidder inde i Tivoli ved et stykke med rejer og et glas øl. Rundt om i byen, i parker, i anlæg, i haver, flammer guldregnen op side om side med de tunge, sødtduftende syrener. I Elmelunden blomstrer tjørnen, rønnebærrene blomstrer. Og længere ude, ude på det rigtige åbne land, på bondelandet, kan man se de første høstakke.

Selv de mindste forretninger reklamerer med øl på is. Smørret flyder i varmen. Det begynder at blive trivielt med al den varme, det brænder i hede og mose og man længes af hjertet efter den første, danske sommerregn.

I baggårdslejlighederne betyder varmen, at man helst ikke skal lukke vinduerne op. Skarnkasserne udbreder en bedøvende stank. Hos Lundegaards er det særligt slemt, ved siden af skarnkasserne står to store tønder med affald fra grønthandleren og fiskeforretningen. Og hvis der så endda ingen katte var i ejendommen, men det vrimler med katte, små katte og store katte. Men hvis man slog kattene ihjel, var her vel ikke til at være sig for rotter.

Inde i spisestuen sidder August Lundegaard i skjorteærmer. Han sidder ved bordet, som han har ryddet for både lysedug og anden ragelse og trukket hen til vinduet. Foran ham ligger en stilebog. Desuden står der en flaske blæk. I hånden holder han en pen. På kommoden ligger hans flip og hans slips, jakken hænger over en stoleryg.

Af og til råber han ud i køkkenet, hvor fru Lundegaard sidder ved symaskinen. Det ene øjeblik spørger han om, hvor meget de bruger til margarine om måneden, det næste hvor meget til rengøringsmidler, soda, brun sæbe og sådan noget. Og hver gang svarer fru Lundegaard, at det kan hun ikke sige sådan lige på stående fod. Og så spørger han, hvor tit hun da køber margarine og hvor meget ad gangen. Hun svarer, at det er så forskelligt, men han slår sig ikke til tåls, bliver ved at spørge, utrætteligt og indædt.

Til sidst holder symaskinen op at snurre og hun kommer frem i døren. Hendes ansigt er meget træt og meget gråt, hun taber sig stadig og har nervøse trækninger ved øjnene.

Er det ikke nok, hvis du får at vide, hvor meget jeg bruger i husholdningspenge, spørger hun.

Nej, jeg vil vide, hvad vi bruger pengene til for at se, hvor der kan spares.

Der bliver aldrig købt noget, der ikke er strengt nødvendigt.

Ja det er jo det, vi skal have undersøgt og tale om, siger han irriteret. Du må da kunne sige, hvor mange penge, vi bruger om måneden til margarine.

Hun sætter sig ned på en stol uden at svare. Hun er kommet til at se gammel ud. Hendes kjole er fuld af ritråde.

Der sker noget inde i Lundegaard. Jamen kæreste ven, siger han blødt, forstår du da ikke, at det er nødvendigt, at vi lægger en økonomisk plan, hvis vi skal klare os igennem denne tid. Og så er vi jo nødt til at lave en opstilling over, hvad vi tjener og hvad vi bruger. En nøjagtig opstilling. Og indrette forbruget efter fortjenesten.

Det forstår hun ikke. Når man er så flittig som man overhovedet kan være og så sparsommelig som man overhovedet kan være, kan man da ikke gøre mere. Det er dog realiteter, det andet kun et stykke papir. Desuden har stilebogen kostet penge, og faktisk skulle Lundegaard nu være i Sundby og inkassere i stedet for at sidde her. Og hun bliver forstyrret i sit arbejde.

Hun forstår det ikke, men hun bøjer sig. Det har hun altid gjort. Og hjælper ham efter bedste evne med at stable en økonomisk oversigt på benene. Når han nu vil have det.

Desuden tænker hun, at det måske vil gøre ham mere stabil i det daglige. For hun har jo nok haft en anelse om, at det ikke var helt som det skulle være.

Altså sidder de der ved siden af hinanden og regner og husker efter. Og da han siger, at så er der jo også afdraget på symaskinen, kigger de kontrakten efter og opdager, at hvis de kunne betale restsummen i denne måned, ville de slippe 30 kr. billigere. Den er alligevel skrap nok, synes Lundegaard, 30 kr., de må jo tjene kolossalt på sådan en maskine, og jo dårligere råd folk har, des mere skal de af med. Det er dyrt at være fattig.

II

Der er nemlig igen sket et omslag. Ganske vist klarede Lundegaard sig helskindet over den 1., klarede både distriktsomlægningen og sådan set også hr. Salomonsen. Men det var ved dyre midler, og det er ganske klart, at nu går den sgu ikke længere på den måde. Det var på en måde pudsigt nok, at netop et af hans gældsforhold betød et aktiv, han kunne udnytte, da det kneb. Han løste stoffet hjem fra Assistenshuset og solgte det til en manufakturhandler i den indre by, der kendte ham fra før i tiden. Den transaktion indbragte ham et halvthundrede kroner. Selvfølgelig kunne han under de omstændigheder ikke skaffe alle pengene til hr. Salomonsen, men skaffede dog en del af dem. For de øvrige måtte han underskrive et nyt gældsbevis. Men han havde altså klaret den endnu en gang.

Men nu skulle der altså leves efter plan. Efter budget. Så og så meget måtte der bruges og ikke én øre mere. Så og så meget skulle der tjenes. Og kunne tjenes. Desuden fremgik det af den økonomiske oversigt, at hvis de kunne sætte indtægtssiden op med 20 kr. om måneden og formindske deres udgifter med 20 kr. om måneden kunne alle udgiftsposter dækkes og alle afdrag klares. Det måtte altså undersøges, hvor der kunne skæres ned og på hvilke måder, indtægterne kunne sættes op.

Måske kunne han finde et bedre firma til sin kone. Der var en forretning på Nørrebro, der søgte vestesyersker. En vest blev betalt med en halv snes kroner, og fru Lunde-gaard kunne vel nok sy én om dagen. Og han måtte tale med Anna. Hun måtte betale mere hjemme. Når hun hav-de råd til at gå og købe swagger og tørklæder og sådan noget, måtte hun kunne betale mere hjemme.

III

Anna og lageristen sad ved et lille bord i mælkeriet, hvor de havde siddet så mange gange før. Men stemningen var i dag en anden, ansigterne anderledes.

Det er umuligt, sagde han. Jeg kan ikke tro det. Prøv nu at være rolig og se et par dage an.

Jamen Eigil, forstår du da ikke. Der er allerede gået fle-re dage over tiden.

Minsandten om hun ikke sad og græd. Hun hulkede ikke, sad bare ganske stille og lod tårerne løbe.

Lageristen strøg hende forlegent over håret og så sig stjålent omkring. Tilsyneladende havde ingen lagt mærke til det. Ved vinduet sad et par og så ned på gaden, ved buf-feten småsnakkede to serveringsdamer.

Anna, hviskede han. Vær nu fornuftig, der er ganske bestemt ikke noget i vejen. Du skal se, i morgen ringer du til mig og siger, at det var blind alarm.

Han knugede hendes hånd under bordet. Så, smil så igen.

Han følte sig egentlig ikke brødebetynget, men han havde en følelse af, at det var hans pligt at være det. Man ventede af ham, at han skulle være det.

Han så ned på det bøjede hoved med det smukke hår. Hvor han dog elskede det hoved. Gud ved om hun følte det på samme måde som han. Han vidste udmærket godt, at det er et af livets alvorlige øjeblikke, når ens kæreste be-tror en, at det er gået galt, at det har fået følger, men det var ham umuligt at føle den alvor og højtidelighed, som han altså burde føle. Han skammede sig en smule over det, men i virkeligheden følte han en vis glæde: Hans og Annas barn.

Barn, nej, vrøvl, det gik ikke. Hvis hun fik et barn, ville hun miste sin plads. Fremtiden ville være ødelagt. Gifte sig kunne de heller ikke. Man gifter sig nu engang ikke på en løn som den, han og titusind andre unge lager- og kontormennesker gik på.

Lageristen forstod pludselig, at hun selvfølgelig ikke følte det som han, at det for hende var en alvorlig historie. Og hendes forældre. Han begyndte at føle sig ilde tilpas. Lige siden den dag, hvor han havde købt påskeliljer og birkegrene til krukken på sit værelse, havde de følt denne knugende nervøsitet, men nu stod man altså overfor realiteten. Det var sket.

Der var begyndt at komme folk på mælkeriet. Unge mennesker, der sad med en malted milk eller en lemonsquash med sugerør, og nogle lemmedaskere, der drak cognac til kaffen og sad og blærede sig.

Lad os gå, sagde han.

De gik ned ad gaden. Det småregnede, den første sommerregn. Regner det mon altid i sådan en situation, tænkte han. I romanerne i hvert fald. Vejret skal jo passe til stemningen. Han så på de par, der passerede. Hvor mange af dem var i samme situation, eller havde været det. Det der var sket med Anna og ham var naturligvis ikke et isoleret tilfælde, det var noget almindeligt, dagligdags. Og hvad endte alle disse tilfælde med. Og hvorledes skulle dette ende.

Ved Gammeltorv drejede de automatisk af fra Strøget og gik ned mod Christiansborg, hvor de satte sig på stenbænken ved Marmorbroen. Det var begyndt at regne tættere.

De sad længe uden at sige noget. Han fik pludselig lyst til at snakke med hende om noget af alt det, de plejede at snakke om, men tænkte at det kunne man vel ikke på sådan en aften.

Tavsheden trykkede. Hvad i alverden skulle han dog sige til hende. Altså sagde han:

Hør nu her, Anna. Det hjælper under ingen omstændigheder at sidde her og se fortabte ud. Jeg tror ganske bestemt ikke, at der er sket noget. Lad os i det mindste vente med fortvivlelsen til vi ved, at det er sket. Og skulle det være tilfældet, ved du at du kan stole på mig. Der findes udveje for det også.

Hun svarede ikke, sad blot og stirrede ned i vandet, hvor man i lysskæret tydeligt kunne se regndråberne falde. Nede ved Stormbroen stod to betjente.

Han forstod, at han havde sagt noget dumt, og blev utålmodig.

Kom, vi går, Eigil. Vi går ned og henter cyklerne, og så følger du mig hjem. Hun gjorde pludselig et forsøg på at være livlig og hjertelig, stak armen ind under hans og sagde: Dumme dreng.

På hjemvejen talte de om alt muligt andet, og først da de stod i hendes opgang for at sige farvel til hinanden, brød det sammen for hende. Hun lagde armene om hans hals, hovedet mod hans skulder og hulkede. Da han ville stryge hende over kinden, blev hans hånd våd af hendes varme tårer.

IV.

Da Anna ville stikke nøglen i entredøren, hørte hun stemmer indenfor. Forældrene var altså ikke gået i seng. Hun glattede sit hår og lod pudderkvasten fare hen over de forgrædte øjne, inden hun gik ind. Der stod kaffekopper på bordet, og Lundegaards underkop var fuld af cigaraske. Det var et usædvanligt syn på denne tid af døgnet. Fru Lundegård, der altid udnyttede tiden, sad i sofaen og stoppede strømper.

Vil du have en kop kaffe med, min pige? spurgte moderen. Du kan selv gå ud og varme den.

Da hun kom ind igen, begyndte Lundegaard at fortælle om grunden til, at der nu måtte lægges en økonomisk plan, at det ikke længere kunne gå på må og få som hidtil, at deres stilling i dag faktisk var så vanskelig, at der nu måtte tages reb i sejlene og sådan noget. Og at de allesammen måtte være med.

Ja, selvfølgelig, brast det ud af Anna. I har aldrig før ment, at alt det kom mig ved, men nu da det kører på pumperne, må jeg nok få lov at være med.

Vi har villet skåne dig for de bekymringer, sagde Lundegaard stødt. Men nu er situationen altså så alvorlig, at vi bliver nødt til at sætte dig ind i, hvordan landet ligger. Vi må hver for sig gøre, hvad vi kan for at komme over denne vanskelige tid. Og nu har din mor og jeg altså lagt en økonomisk plan, og vi ville gerne, at du skulle se den og sige, hvad du mener, der kan gøres. Tror du ikke, at du kunne betale lidt mere hjemme?

Anna sad og rørte i sin kop. Hun tænkte på, om hun måske hellere skulle sige dem det hele. Både det, at hun for længe siden havde fået gagepålæg, og at det efter al sandsynlighed var gået galt, og at det i stedet blev dem, der måtte hjælpe hende. At enten ville hun miste sit arbejde og alle chancer for en nogenlunde tålelig tilværelse, eller hun måtte tage en operation. Og en operation koster penge. Desuden var hun bange og nervøs og trængte til at dele sin angst og sit ansvar med andre. Med nogen, der holdt af hende. Det var ikke langt fra, at hun igen var begyndt at tude.

Men hun sagde ingenting, sad bare og rørte rundt i koppen. Forældrene så afventende på hende. Så, bare for at vinde tid, sagde hun noget om, at de vidste jo selv, hvad hun tjente, og hvor meget hun betalte hjemme. Og at hun ikke kunne se, hvordan hun skulle bære sig ad med at undvære mere hjemme.

Hør nu her, sagde Lundegaard. Da forretningen gik i stykker, lod vi dig blive i magasinet, til trods for, at vi slet ikke havde råd til det. Du havde kunnet få arbejde til 100 kr. om måneden eller du kunne være kommet i huset. Men vi nænnede det ikke, og tænkte desuden på din fremtid. Og det er da heller ikke værre, end at du har kunnet købe en swagger og du har da også, så du kan købe både strømper, organdikraver og tørklæder og sådan noget. Vi forlanger jo ikke alverden af dig, bare at du hjælper lidt til, nu hvor det kniber.

Anna er aldeles ikke noget følelsesmenneske, ikke af den slags, der bringer ofre. Hun kæmper for at beholde det, hun har, og hun kæmper for at få mere. Hun vil have noget ud af tilværelsen. Hun har ikke bedt dem om at blive sat i verden.

Måske får jeg snart gagepålæg, siger hun.

Lundegaard ville gerne have haft et konkret svar. For budgettets skyld. Men han er faderlig og venlig og siger, at nu kan hun jo tænke over det. De vil jo ikke tvinge hende til at betale mere. Men det er for deres allesammens skyld. De må jo holde sammen på hjemmet.

V

Næste morgen er Anna lykkelig og oprømt. Der var altså alligevel intet sket. Alt er i den skønneste orden. Men da lageristen ringer i frokostpausen for at spørge, hvordan det går, fortæller hun ham ikke, at den lille lykkelige begivenhed har fundet sted. Han har godt af at pines lidt. De aftaler at træffes om aftenen, og Anna har en egen ondskabsfuld glæde af at udmale sig hans bekymringer. Hun har ikke haft det for rart de sidste dage, lad ham prøve lidt også.

På vejen hjem træffer hun markør Nielsen. Han har badetøj under armen, er solbrændt og ser godt ud. I sin lykkelige stemning snakker hun livligt og muntert med ham, og han foreslår, at de en dag skal gå i vandet sammen. Han plejer at gå i vandet på Sundby Strand på sine fridage. Det har hun i grunden ikke noget imod. Om et par dage begynder hendes sommerferie og hun ved såmænd dårligt nok, hvad hun skal bruge de 8 dage til. Men bruges skal de. Og bruges, så hun får fornøjelse af dem. Altså aftaler de en dag, men hun tilføjer dog, at det ikke er helt sikkert, at hun kommer derud. Dels fordi det er klædeligt at være lidt tilbageholdende, og dels fordi der måske i mellemtiden kunne vise sig en bedre måde at tilbringe dagen på. Lageristen havde håbet at kunne få sommerferie på samme tid, så ville de have ligget i lejr i Solrød eller sådant et sted, men det er ikke lykkedes ham at få det ordnet. Selvfølgelig har hun ikke i sinde at sidde hjemme i stuerne i sin sommerferie. Og Nielsen er desuden flink og sympatisk.

VI

Lageristen besluttede sig til at spille livlig, når han traf Anna. Han ville være munter og underholdende. Hun ville nok blive stødt over det, men det var der ikke noget at gøre ved. Det andet var jo væmmeligt. Han så sig i ånden siddende ved hendes side på en bænk, holdende hende i hånden, begge opfyldt af medlidenhed med sig selv og med hinanden. Det var ligefrem ækelt.

Næ, han ville være munter. Og mere end det, han ville lige ud forklare hende, hvad man havde at gøre i sådan en situation. Han vidste, hvem der kunne fortælle ham, hvor man fik ordnet den slags, og hvad det kostede. Pengene kunne vel skaffes. Og det var vel ikke så farligt, man sagde jo at disse folk tog hensyn til, hvordan deres klienter var stillet økonomisk.

Men hvad ville hun sige, Anna? Det fik være, — det

skulle siges. Han skød hjertet op i livet og så på klokken. De skulle mødes kl. 8, altså om kun ti minutter. Han kastede et blik i spejlet, hvordan var det, han så ud. Atter svigtede modet ham. Hvordan var det? Munter og beslutsom! Med det ansigt? Et træt, nervøst og bange ansigt. Hvad var det, han var ved at gøre. Det var jo ulovligt. Og hun kunne dø af det. Eller blive skadet for livstid.

Han blev ængstelig, rådvild. Hvad om hun fik barnet. Hans og hendes barn. Om de bare lod det komme. Måske kunne de alligevel gifte sig. Om et par år måske. Og barnet ville han være glad for og stolt af.

Gud sikke noget vrøvl. Stå og fantasere på den måde. Det gik jo aldrig. Hendes stilling. Hendes forældre. Nej, her måtte ikke følelserne, men forstanden råde. 5 minutter i 8, han måtte gå nu. Hvordan var det, der havde stået i forhørsreferatet fra den store fosterfordrivelsessag: Kun i yderst få tilfælde var operationen ikke gået glat.

Han så igen i spejlet, så et ansigt med en påtaget beslutsom mund og bange øjne. Å, Anna, min egen ven. Han fik en klump i halsen. Hun måtte ikke mærke hans angst. Altså munter og beslutsom.

VII

Sundby Strand er et levende mylder af mennesker. Brune, sunde kroppe side om side med blege, sygelige kroppe. Smukke, trænede bronzekroppe, der passer i billedet af sand, blæst, sol og vand, som et led i naturen, og gråblege, magre kroppe med en dårlig holdning, der ikke ser ud til at høre hjemme her. De solbrændte er overvejende arbejdsløse, der ikke har andet at tage sig til end at ligge på stranden, de blege er besøgende for en dag eller dem med otte dages sommerferie. Ser man det ikke før, ser man det når de tager tøjet på. Så er charmøren gået af de solbrændte, flotte, man kan ligefrem se, at de har et kontrolkort i lommen. Mens de blege først rigtig kommer til deres ret, når de kommer i tøjet, med vatskuldre, iøjnefaldende slips og pres i benklæderne. For resten er her også en masse børn, der laver en ballade af den anden verden.

For den sags skyld er Nielsen også solbrændt, selv om han ikke hører til de bronzefarvede. Han ligger og daser på en plet, det er lykkedes ham at finde mellem alle teltene. Somme tider ser han på sit armbåndsur og derfra op på vejen, hvor nye badelystne stadig ankommer pr. cykel og til fods. Men Anna viser sig stadig ikke. Det er så varmt, at han havde mest lyst til gå ud på broen og tage sig en dukkert, men så ville hun selvfølgelig komme i mellemtiden. Og det er umuligt at få øje på hinanden i det mylder af mennesker, hvis man først er i badetøj. Så for at forfriske sig, går han op til restaurationen og køber sig en flaske iskold mælk med sugerør. Da han kommer tilbage, ligger der en anden på hans plads. En bronzefarvet, altså en arbejdsløs.

Ja, undskyld, siger Nielsen, men —.

Den bronzefarvede tager det ikke så højtideligt. Han rykker sig tre tommer og mener, at de nok kan være der begge to.

Men da de kommer i snak, viser det sig, at han egentlig er meget flink. Han er maskinarbejder og har ganske rigtig kontrolkort i lommen. Nielsen siger, at forskellen såmænd ikke er så stor, for han tjener sådan set ikke stort mere, end den anden får i understøttelse. Og maskinarbejderen kan da ligge herude hver dag fra morgen til aften, mens en anden en må være på arbejdspladsen 70 timer ugentlig.

Men maskinarbejderen siger, at der alligevel er forskel, at man bliver skør af at gå den ene måned efter den anden uden at have noget at tage sig til. Og det er jo sådan set rigtigt nok, Nielsen kan huske det fra dengang, inden han blev markør. Man gik og fik så mange ideer, spekulerede for meget over tingene.

Nielsen spørger forsigtigt, om han er kommunist. Jeg er sgu hverken det ene eller det andet, siger maskinarbejderen, jeg vil bare have noget at bestille. Jeg synes det er pip det hele. Der er jo brug nok for varer og der er arbejdskraft nok, hvorfor kan de så ikke se at få maskinerne i gang. Der er sgu så meget snak. Jeg er parat til at underkaste mig hvad som helst, når jeg bare kan få noget at rive i, tjene nogle penge og leve livet som et menneske. I stedet for at gå her og daske rundt. Det er al det her nøleri, der gør, at man går og bliver gal i hovedet. Bare de ville foretage sig noget. Det kan da for helvede ikke være så indviklet. Lad os få fart i foretagendet, tempo. Her går man og rådner op.

Nielsen har sådan set ikke meget lyst til at høre på alt det der. Han kender hele rumlen. Og han er kommet herud for at holde fridag og gå i vandet. Med Anna, hvis hun kommer. Men han lader ham snakke. Det er jo rigtigt nok, hvad han siger, men hvad nytter det at gå og fortabe sig i spekulationer om, hvordan det skulle være.

Men nu er der alligevel gået så langt over den aftalte tid, at han vil gå i vandet. Selv om hun kom i mellemtiden, ville han kun gøre sig til grin, hvis han sad på spring for at tage imod hende. Man skal ikke gøre for megen stads af pigerne. Det kan de ikke tåle. Han har gjort sørgelige erfaringer. Altså ud på broen og på hovedet i baljen, maskinarbejderen passer på tøjet så længe.

Da han kommer ind igen og går og leder efter sin liggeplads, giver det et sæt i ham. Nu har han sgu aldrig. Det var dog den værste. Her har han sat stævne med Anna Lundegård og ser i stedet for hendes far gå og soppe i strandkanten. Forhenværende manufakturhandler Lundegaard, med de pæne stribede benklæder smøget op til knæene, der spekulativ og åndsfraværende vader om mellem de legende børn. Hans inkassatorfødder er ganske afgjort ikke vant til den slags forlystelser, bunden er fuld af sten og hvert øjeblik ser det ud, som om han var ved at få overbalance og skvatte om i vandet, med tøj på og det hele. Han har hverken jakke eller vest på. Pæne røde seler holder de stribede benklæder oppe. Man kan se han har forstand på seler.

Nielsen har ikke set ham siden han som en anden grosserer sad på billardsalonen og gav genstande. Det er næsten ikke til at forstå, at det er den samme mand, der nu går og sopper på ømme fødder et par meter fra bredden. Nielsen ser alle de brune lemmer omkring sig og kan ikke lade være at synes, at Lundegaard ser sjov ud. Han har ikke engang taget sine lorgnetter af.

I samme øjeblik ser Nielsen, at alle på stranden har vendt sig og kigger op mod vejen. Nogle har rejst sig op. Der må være noget på færde. Og så ser han, at der på vejen kommer løbende en snes mand i overalls og gasmasker. Synet er både uhyggeligt og grinagtigt. Det ligner ikke mennesker, men nogle underlige væsener med menneskekroppe og dyrehoveder.

Trods det grinagtige ryster synet ham alligevel. Lige midt her i den fredelige danske sommer med badeliv, blå himmel, telte og uskyldig flirt. Det er Falcks folk, der træner sig i at løbe med gasmasker på. Jamen hvorfor gør de det? Er det da rigtigt, at krigen kan komme når som helst?

SYVENDE KAPITEL

I

En aften Lundegaard kom hjem, sagde fru Lundegaard ude fra køkkenet, at der var kommet et brev til ham. Og at det lå inde på spisestuebordet. Lundegaard hængte sin gabardinefakke på bøjle, stak det hæklede halstørklæde i inderlommen og lagde hatten på det lille bord under spejlet. Hvis ikke det brev lå inde på bordet og ventede på ham, ville han nu have lavet vrøvl over, at alting lå og fløv på det lille bord. Hvor ofte havde han ikke sagt det. Men man var åbenbart ligeglad med, hvad han sagde. Han kunne godt få lov til at piske byen rundt og skaffe penge til at holde hjemmet oven vande, til huslejen, til gasregningen og så videre, bryde sit hoved med, hvordan dagen og vejen skulle klares, spekulere sig fordærvet for at finde udveje, når det brændte på. Men tage blot en lille smule hensyn til hans ønsker om orden, kunne de ikke. Selv om man boede i en baggårdslejlighed, kunne man godt have orden i entreen. Hvad lignede det med sådan en entre, hvor alting lå og fløv. Det var hygge og orden, der gjorde hjemmet til et fristed, det var sgu ikke så underligt, at han ikke var mere hjemme, end han var. Der var jo efterhånden ikke til at holde ud at være. At der fløv med ritråde og tøjstumper alle vegne, måtte man vel finde sig i, det var jo sådan set al ære værd, at hans kone hjalp lidt til, nu hvor det kneb. Men derfor behøvede hjemmet da ikke at ligne en svinesti. Man var et godmodigt skrog, det var det der var i vejen. De benyttede sig af det.

Men nu lå brevet altså inde på bordet, og et brev betød vel en ny ærgrelse, en ny bekymring. For Lundegaard var intet nyt godt nyt.

Trods hans forudanelse om noget ondt, virkede brevets indhold alligevel som en bombe. Det var fra klædelageret og kort og godt en anmodning til Lundegaard om at komme derop, da man ønskede at tale med ham. Det var afdelingschefens navn, der stod under. Der kunne ikke være nogen tvivl om, hvad brevet betød.

Dette var altså enden på legen. Selvfølgelig havde han tænkt sig, at det ville briste en skønne dag. Men det var egentlig ikke fra denne kant, han havde ventet faren. I den sidste tid havde han ærlig talt ikke skænket klædelageret en tanke.

Og hvor let kunne det ikke have været ordnet, hvis han havde tænkt på det. Hvis han havde skrevet et kort til dem og meddelt, at han havde fået ny adresse. For det var selvfølgelig sådan, det var gået til. De havde sendt et bud med fakturaen på stoffet, og han var kommet hjem og havde sagt, at forretningen ikke var der mere. Satans også, at han ikke havde tænkt på det. Han kunne jo have sagt sig selv, at det ville komme til at gå sådan. Og han kunne have forhindret det. Det var en utålelig tanke. Han kunne have forhindret det ved at sende et brevkort. Nu brasede hele møget sammen for det stykke stofs skyld. Det var også fordi han ikke havde nogen ved sin side, han kunne betro sig til, nogen der kunne hjælpe ham. Det hele hvilede på ham og havde altid gjort det. En kone, der var ved at blive hellig, en datter der rendte ud evig og altid, og en søn, der sad i fængsel. Så skulle det jo ende sådan, trods alle hæderlige anstrengelser for at holde den gående. Og det var for deres skyld, han gik her og ødelagde sig selv for at holde sammen på stumperne. Og hvis han nu fortalte det hele til sin kone, ville hun så forstå ham og takke ham for de ofre, han havde bragt, fordi han havde sat alt på spil for hjemmets skyld, for deres skyld. Næ, han vidste ganske nøjagtigt, hvordan hun ville tage det, fra den kant kunne man hverken vente støtte eller forståelse, kun bebrejdelser for deres ødelagte tilværelse. Som om det var hans skyld. Som om han ikke altid havde slidt som en hest for at komme ovenpå.

Men nu kunne det jo sådan set også være lige meget. Nu var det hele jo forbi. Med 200 kr. i hånden ville han ganske vist kunne gå op og få historien ud af verden. De havde jo ingen interesse i at få ham i ulykke. Kun i at få deres penge. Men hvor skulle han gå hen og skaffe 200 kr. Han kunne lige så godt prøve på at flyve til månen. Næ, denne gang gaves der ingen udveje. Han var nået til vejs ende.

II

Den nat sov Lundegaard ikke. Overhovedet ikke. Lukkede ikke et øje hele natten. Og da han om morgenen stod op, havde han lagt sin plan. Det var omtrent som at gøre sit testamente.

Han ville ikke straks gå op på klædelageret. Måske i morgen. Måske først i overmorgen. Der ville ganske afgjort ikke ske noget af den grund. Han kunne jo have været ude at rejse, da brevet kom. Eller han kunne ligge syg. Havde han måske ikke i foråret ligget syg et par uger? Altså kunne han roligt vente en dag eller to og ordne alt på tilbørlig måde, inden han lod sig føre til slagtebænken. Han ville bringe lidt orden i alt det kaos ude i Sundby, hvor han selvfølgelig fra starten havde måttet fortie en række indbetalinger for at komme på ret køl efter distriktsomlægningen. Han ville foretage en nøjagtig opgørelse over, hvordan landet egentlig lå. Desuden var der lidt klatgæld til nogle mennesker, der i hvert fald ikke skulle lide tab på ham. Det var bedst at samle hele underslæbet på så få poster som muligt. Desuden var der pigen i den lilla dragt.

Måske var det forargeligt, men nu da det hele var forbi, gav han pokker i, hvad der var forargeligt og hvad der ikke var det.

Der var en hel række ting, han ville foretage sig. I dag og i morgen. Desuden ville han skrive et brev til hr. Salomonsen, et til firmaet og et til sin kone. I brevene ville han forklare alt. Han ville ikke bede om tilgivelse, men om forståelse. Desuden ville han meddele hr. Salomonsen, at Annas underskrift var falsk og bede om, at hans forseelser ikke kom til at gå ud over hende. Så hun mistede sit arbejde.

Men han ville ikke lægge brevene i postkassen inden han gik op på klædelageret, for inderst inde i ham lurede alligevel det håb, at det var muligt at få en slags ordning med dem, eller at det måske slet ikke var det med stoffet. Men han vidste godt, at det var falsk optimisme. Denne gang var alle sunde lukkede og han måtte tage, hvad der kom som et mandfolk.

III

Så var han klar. Til stor overraskelse for fru Lundegaard havde han taget rent på fra inderst til yderst og gjort sig omhyggeligt i stand. De forskellige breve var skrevet og lå i gabardinefrakkens inderlomme. Han kastede et sidste blik over stuerne, inden han gik. Uordnen i entreen oprørte ham ikke, men stemte ham vemodig. Det var ikke fri for, at han holdt af den uorden. Den var en del af det, han nu måtte forlade.

På Vejen blev han overfaldet af en byge og måtte stå en halv times tid i læ på Vesterbrogade. Først under en markise, hvor der stod 15 mennesker i forvejen, og derefter i en port, da markisen pludselig blev rullet op og han sammen med de 15 andre skyndsomst måtte redde sig ind et sted, hvor der nu var plads. Der var godt med vand i den byge. De store tunge regndråber plaskede ned over gaden, der næsten var tom for mennesker. Og den blev ved. Nogle opgav at vente længere, smøgede kraven op om ørerne og styrtede sig heltemodigt ud i uvejret. Da Lundegaard havde stået i læ en halv time, syntes han også, at nu kunne det være nok, han kunne jo da ikke stå her hele sit liv. Og selv om det nu væltede ned fra åbne sluser, begav han sig af sted. I løbet af et par minutter var han gennemblødt, men det kunne jo sådan set også være lige meget om han var våd eller tør i den situation.

Selvfølgelig holdt regnen op i samme øjeblik, den havde fået ham gennemblødt til gavns, og solen kom frem. På Rådhuspladsen holdt de store, gule turistbiler propfulde af udenlandske gæster, der skulle se Nordens Paris, byen med de skønne tårne. Et sted mod nord rullede tordenen endnu og man kunne vente, at der kom flere byger.

IV

Men sådan er juli jo for resten altid. Det er sommerferiemåned, og hvem har nogensinde holdt sommerferie uden en masse regnbyger. Det skulle efter almanakken være årets varmeste måned og så kan man dårlig gå ud uden overtøj af frygt for hyppige, langvarige og vandrige byger.

Men når solen så bagefter bager og damper vandet af asfalten og stenbroen, må selv den værste kværulant give fortabt og indrømme at livet er dejligt. Efter sådan en byge vælter ukrudtet, frodiggrønt og saftigt, op i byens parker og anlæg, og ude i de nye karreer med de sjove små altaner bliver blå og gule dyner lagt til solskin. I Botanisk Haves sø ligger åkanderne fuldt udsprungne på den blanke flade, den yppige blomst er som en favn, der vidåben er vendt mod livet og solen. Og i Herløv blomstrer stokroserne. I skovene ved Holte kan man plukke vilde hindbær, og kigger man ind i menneskenes haver, er plænerne oversået med grønne æbler, der er slået ned af sommerblæsten, af den danske sommerblæst, der ikke tager noget højtideligt, end ikke de cyklende pigers kjoler. Rughøsten er begyndt og hele landet spiser rødgrød, husmødrene sylter hindbær og ribs, og inde på Fælledparkens afsvedne græsflader spilles der fodbold af drenge, der ikke opnåede at komme på landet i år.

På d'Angleterres fortovsrestaurant er der fuldt af mennesker, en tyk og glad bassemand i sejlsportstøj holder foredrag om den kommende regatta på Bagsværd Sø, og udenfor, på den smalle strimmel fortov, der er blevet til overs, kommer der en mand med gabardinefrakke, lorgnetter og hæklet halstørklæde. Han er bare på vej til klædelageret for at stille sig til disposition for deres forgodtbefindende, måske for en længere eller kortere fængselsstraf. Det er sådan set pudsigt nok, i næste måned kommer hans søn hjem og nu er det hans tur. Politi, dommer, forhør, celle. Og måske kommer det i avisen. Inkassator dømt for underslæb og bedrageri. Man lever jo i et ordnet samfund. Folk kan jo bare holde sig indenfor lovens rammer.

Nu bliver familien jo berøvet sin forsørger, men Lundegård tror nok, at det skal gå alligevel, broderen og svogeren vil nok række dem en hjælpende hånd, nu han er væk. Og de vil fortryde deres valne holdning, deres mangel på familiefølelse, når de ser hvordan det er endt. De vil føle sig som medskyldige, og Lundegaard under dem det sgu. For det betød jo ikke noget for dem, de sad jo i gode stillinger. Tjente godt. Men nu ville de måske gå i sig selv og bøde på deres tilbageholdenhed. I hvert fald svogeren. Det var jo dog hans søster. Det var bedre, om de havde gjort det, mens det hele endnu kunne være reddet.

Og når Poul kommer hjem, kan han sikkert få arbejde. Burmeister & Wain har fået store ordrer fra Sovjet og har masser at bestille for tiden. Og det er lettere for en mand, der er straffet at få arbejde. Fængselshjælpen skaffer dem ind. Desuden får Anna nok gageforhøjelse og hans kone tjener mere nu hun er begyndt at sy veste.

Så er Lundegaard nået til klædelageret. Han går op ad den brede trappe og ind gennem glasdøren, tager hatten af og går hen til skranken. En kontordame rejser sig og kommer hen til ham. Han siger at hans navn er Lundegaard og at han har fået et brev. Tager brevet frem og giver hende det. Lundegaard er modbydelig utilpas, han er sikker på, at hele personalet kender historien og at de nu i det skjulte betragter ham og tænker: Nå, der er han altså.

Men kontordamen, der var gået ind på et andet kontor, kommer nu tilbage og siger, at afdelingschefen ikke er til at træffe, han er taget på sommerferie og kommer først hjem om en månedstid. Og da ingen andre ved, hvad det drejer sig om, må han hellere komme tilbage til den tid.

V

Så står Lundegaard igen på gaden. Brevene ligger i hans inderlomme og han føler sig så underlig flad. Alt i ham havde været indstillet på at tage mod hugget. Men hugget kom ikke. Selvfølgelig var han glad, burde i det mindste være det. Nu skulle han så altså til at slås videre. Han havde igen fået en frist. Og hvis den frist betød, at han klarede den, var alt jo godt. Men gjorde den det? Selvfølgelig skulle stoffet have været betalt alligevel før eller senere, men han havde nok kunnet holde den gående i lange tider. Og til den tid havde han jo regnet med at have vanskelighederne overstået.

Men under alle omstændigheder havde han altså nu en månedstid at løbe på. Og måske viste der sig en udvej. Der kan jo ske så meget i løbet af en måned.

Men selvfølgelig vil der ikke ske noget. Det er bare falsk optimisme i stedet for nøgtern vurdering. Lundegaard tror ikke på mirakler. Nu kan han tage ud til Sundby og fortsætte med at rende op ad trapper og ned ad trapper.

Tage til Sundby i dag og inkassere? Næ, der er megen løgn til, det er der i det mindste ingen, der kan få ham til. Det hverken kan eller vil han. Han har mere lyst til at drikke sig fuld. Han kan snart ikke mere. Det er snart for morsomt. Han kan ikke holde til det. Det ender med, at han bliver tosset. Det havde næsten været nemmere for ham, om han var blevet kørt op på Politigården og havde gennemgået alt det, han havde ventet og været indstillet på. Det er disse voldsomme spændinger, der gør det af med ham.

Han ved såmænd ikke selv, hvilke gader han er gået af, men nu står han på Gråbrødretorv og stirrer ind ad en antikvarboghandlers vindue. Selvfølgelig uden at se noget som helst. Han står bare og slås med sig selv for at finde en ny platform at leve videre på. For nu skal han jo altså på den igen. Inkassere og mingelere den med hr. Salomonsen, husleje, symaskineafdrag, underslæb og lånte penge. Og han er jo da snart en gammel mand. Når man er ung, tager man det ikke så tungt.

Ved hans fod ligger der en hvid konvolut. Den er ubrugt, men der står skrevet noget på den med blyant. Han sparker den til rette med foden, så han kan læse, hvad der står. Der står såmænd ikke andet end: Husk at tage noget med hjem. Altså bare en huskeseddel for en eller anden, der på kontoret pludselig er kommet i tanker om at ville tage noget med hjem, hvad grund han så end har haft til det. Og nu har han antagelig købt et eller andet, siden han har smidt konvolutten her på gaden.

Ja, hvorfor skulle man ikke tage noget med hjem. Det gør måske det hele lettere, hvis man ikke er så bange for at vise hinanden lidt venlighed. Selvfølgelig skal man spare. Men det slår jo ikke til alligevel.

I Skindergade standser han ved en vogn og køber en

stor pose kirsebær. Af de bedste. Selvfølgelig vil hans kone nok blive mistænksom, når han kommer anstigende med dem, og tænke ved sig selv, hvad der nu kan være på færde, når han bærer sig sådan ad. For sådan har han jo aldrig gjort medens de havde forretning. Ligesom alle ægtemænd bliver mistænksomme, når deres koner laver deres livret til middag og sætter deres tøfler frem. Men måske hun alligevel vil forstå, at det bare er trang til at vise hende venlighed. Kvinder har jo et fint instinkt for sådan noget.

Og han vil i det hele taget prøve på at være mere omgængelig derhjemme. Han vil tage hende og Anna med ud en søndag på udflugt eller sådan noget. Ja, det vil han. Det er sikkert også en af grundene til, at det går som det gør. Siden de flyttede ud på Vesterbro, har enhver af dem haft nok i sig selv. Det er vel også derfor, det gik sådan med Poul. De trænger til at blive rystet sammen, det kan skam blive en dejlig dag, madkurven med og alt det der. Lidt af den samme stemning fra sommerhuset. Og nu mærker han rigtigt, hvor meget han egentlig holder af dem. Det er hans skyld, at de sådan nærmest går og er fjendtlige overfor hinanden. Det er fordi, han har haft alt det at gå og spekulere på. Han har forsømt sin familie, men nu skal det blive anderledes.

Han sætter farten op, han kan næsten ikke komme hurtigt nok hjem. På søndag skal arbejdersamaritterne have luftværnsopvisning på Kastrup Fort, det vil være et glimrende sted for en udflugt. Og Anna kan tage kæresten med. Måske skulle han fortælle sin kone alt. Uden at fortie noget som helst. Men det er nok alligevel at gå for langt. Sådan lige med én gang.

Måske de også burde komme noget mere sammen med deres familie. Så ville de måske heller ikke være så uvillige til at give dem et nap, hvis det kom til at knibe. Man kunne måske invitere svogerens med til Kastrup. Svogeren er jo ærlig talt en rigtig flink mand.

VI

Et øredøvende brag fyldte luften. Det måtte være en sprænggranat, der var slået ned. Og nu tog sirenerne fat og udsendte deres langtrukne, sørgmodige hyl.

Og nu dette uhyggelige, spidse smæld fra en eksploderende gasbombe. Der herskede den ubeskriveligste forvirring. De såredes jamren blandede sig med ambulancernes skingre tuden.

Uvilkårlig vendtes ansigterne mod himlen. Hvornår foretog flyveren sit næste styrt, hvornår afleverede han sin næste sending af ild, død og ødelæggelse. Sirenerne varslede allerede et nyt angreb.

Stedet, hvor sprænggranaten var slået ned, frembød et frygteligt syn. Stadig ankom privatbiler, der var rekvireret af det offentlige til ambulancer og politibiler, gaden blev afspærret, mandskabet havde gasmasker på. Der kom en mand vaklende, blodet strømmede ned over hans ansigt.

Det er såmænd ikke andet end mønje, de har smurt på, sagde Lundegaard, men det ser sgu meget livagtigt ud.

Nu kom de slæbende med nogle, som var blevet ofre for gassen, om det nu var sennepsgas eller fosgen. Man ved snart ikke, hvad man skal tro, sagde lageristen. Den ene dag fortæller de i avisen, at sennepsgassen er så frygtelig, at der ikke er noget at stille op mod den, og her behandler de de gasangrebne, som om de bare havde fået lidt på tøjet. Han sad med en gul løbeseddel i hånden, det var en af dem, fredsfolkene havde uddelt udenfor indgangen til fortet. Som protest mod luftværnsdemonstrationen. For resten hævdede løbesedlen, at et bestyrelsesmedlem af Rekylriffelsyndikatet var med i ledelsen af Luftværnsforeningen og at hele skuespillet kun skulle virke som reklame for rustningskapitalisterne. Og hvis krigen kom, kunne vi glæde os til at blive mejet ned af danske rekylrifler. Dansk arbejde.

Ja, sagde Lundegaards svoger, det er sikkert rigtigt nok altsammen, men de her fredsfolk er fanatikere og den slags sætter altid sagen på spidsen.

Lundegaard, der hjertens gerne ville være gode venner med svogeren, giver ham ret. Man skal aldrig tro blindt på, hvad der står på sådan nogle løbesedler.

Nå, siger svogeren, jeg har nu ikke sagt, at det ikke passer, hvad der står på sedlerne. Jeg siger bare, at de kun fremstiller sagen fra den ene side.

Det er ikke fri for, at Lundegaard er lidt krænket. Her rykker han svogeren til undsætning, og til tak falder det fjols ham i ryggen. Man kan sgu mærke, hvem det er, han er broder til, nøjagtig sådan bærer hans kone sig jo også ad. Selvfølgelig skal det nok passe, hvad der står på løbe-sedlerne, siger han spagfærdigt, jeg mente bare, at en halv sandhed også er en løgn.

For resten regner det nu igen. Det er dog utåleligt, at når man endelig kommer på en udflugt, kan det ikke en-gang holde tørvejr. Op ad skråningerne sidder, ligger og står en masse søndagsklædte mennesker. Og nu får de de-res gode tøj ødelagt af regnen.

Så er demonstrationen forbi og højttalerne begynder at udsende musik. Der skal vist være bal bagefter. Det plejer der jo altid at være ved den slags lejligheder. Lundegaard og hans familie går op på en af bastionerne for at spise den medbragte mad. Man affyrer de gængse vittigheder og det lykkes alligevel, sådan lidt efter lidt, at få skabt no-get i retning af skovtursstemning. Lageristen går efter øl og sodavand. Anna og fru Lundegaard pakker maden ud fra kurven. Svogerens kone er ikke med. Hun ville ikke, men det lader for resten heller ikke til, at svogeren savner hende. Alligevel undskylder han hende. Hun har jo set så mange krigsfilm, siger han, og hendes nerver kan ikke tåle det. Hun vil meget hellere sidde hjemme.

For resten er forholdet mellem lageristen og Anna ikke

så varmt mere, og Anna havde helst set, at han ikke var kommet med i dag, men det ville jo have set lidt underligt ud, når hun lige havde præsenteret ham hjemme som sin forlovede. Og Lundegaard troede vel, han gjorde hende en glæde, da han inviterede lageristen med og i det hele taget behandlede ham som et medlem af familien. Allerhelst var Anna heller ikke taget med, hvis det ikke var fordi hun nødig ville såre forældrene. Man kunne jo heller ikke altid gøre sådan lige, hvad man havde mest lyst til. Det var jo dog en familieudflugt. Men hun skulle ikke nægte, at det kedede hende. Og hun ærgrede sig over lageristen, der lod til at befinde sig storartet i familiekredsen. Han lod til at komme godt ud af det både med svogeren og med Lundegaard. Det var helt latterligt at høre dem sidde og drøfte militærspørgsmål og sådan noget. Som om de havde nogen forstand på det. De sad jo bare og sagde det, de havde læst i aviserne. I øjeblikket sad lageristen med en snusfornuftig mine og sagde, at man burde gøre ligesom i Frankrig, dér havde de nationaliseret krigsindustrien, det var den eneste rigtige måde, for det var rustningskapitalisterne, der hidsede til krig. Han virkede ærlig talt nærmest komisk som han sad der og spillede klog. I den ene hånd havde han et stykke med leverpostej og agurkesalat, i den anden en bajer. Anna var sikker på, at alle mennesker rundt omkring dem morede sig over dem.

Lageristen gjorde sig alle tænkelige anstrengelser for at virke sympatisk, for at vinde dem for sig. Af og til skottede han til Anna og iagttog hendes ansigtsudtryk. Om han dog forstod, hvad der egentlig foregik inde i det pigebarn. Selvfølgelig havde han ikke kunnet undgå at mærke, at hun i den senere tid var blevet køligere mod ham og var blevet angst for, at hun måske ikke længere holdt så meget af ham. Han havde ellers følt sig så sikker på hende. Troede han havde hende i sin hule hånd. Og da særlig efter, at hun havde taget ham med hjem og præsenteret ham for forældrene. Og nu var hun altså begyndt at blive irritabel og svarede ham dårligt nok, når han talte til hende. Om han da bare vidste hvorfor. Han havde først troet, at det var fordi hun var angst for en gentagelse af de frygtelige dage, hvor de troede, at det var gået galt. Og for at berolige hende, og for at hun ikke skulle glide fra ham, havde han så betroet hende, at han vistnok ikke kunne blive far, og at han således ikke var i stand til at bringe hende i fortræd. Ganske vist anede han ikke, om det virkelig forholdt sig sådan, men endnu var han da ikke blevet far til nogen. Og han havde da kendt andre piger end Anna..

Men til hans overraskelse havde den oplysning virket stik modsat på hende. Bagefter kunne han nok se, at han havde båret sig dumt ad og at han i sin iver for ikke at miste hende netop havde fjernet dem fra hinanden. For Anna havde jo ikke noget mod at få børn, selv om hun ganske vist først ville have dem, når hun var blevet gift. Hun ville vist endda meget gerne have børn. For hun havde været så underlig efter den samtale, og i den sidste tid havde de nærmest været som fremmede overfor hinanden. Senere havde han så forsøgt at lappe på det ved at sige, at han jo egentlig ikke vidste bestemt, om det virkelig forholdt sig således. At det bare var sådan en idé, han havde haft. Hvorfor skulle han ikke kunne blive far? Det var da også forbandet, at han havde fundet på det vrøvl. Men hendes lunefuldhed gik ham på nerverne. Man vidste aldrig, hvor man havde hende.

Kaffen havde de med på termoflasker og svogeren havde taget snaps med. Nu var vejret blevet helt godt igen, luften var ren og frisk efter regnen, og når man så ud over det blå sund kunne man skimte Sveriges kyst i horisonten.

OTTENDE KAPITEL

I

Man skulle måske være mere beregnende, end man er. Mere intrigant. Folk, der er beregnende og intrigante, opnår jo gerne det de ønsker. Og det det kommer an på her i livet, er at opnå, hvad man ønsker. At der kommer til at stå i nekrologen, at man har været pæn og rar, fylder så forbandet lidt i dag. Og desuden får de, der opnåede noget her i livet, gerne en pæn nekrolog.

Man så det måske allerbedst i det tilfælde med distriktsomlægningen. For det var jo sådan set ham selv, der var skyld i, at han blev flyttet til Sundby. Han havde indset, at distriktsinddelingen var forældet og uhensigtsmæssig, og han havde en dag ladet en bemærkning falde derom på kontoret, da han var derinde for at gøre afregning. Ved en ny distriktsinddeling kunne der spares en mand. Og så pludselig en dag var altså den ny distriktsinddeling kommet. Og kommet fuldstændig bag på ham, havde nær slået alting i stykker for ham. Det var da en Guds lykke, at de ikke havde fået den idé, at det var ham, der kunne undværes, og havde fyret ham.

Ja, i den affære med den ny distriktsinddeling lå faktisk hele spørgsmålet om livsdygtighed. I en nøddeskal. Her havde Lundegaard vist interesse for firmaets anliggender og vist evne til at finde forbedringer. Og hvad havde han fået ud af det? Kun ubehageligheder og utak. Ganske vist var ingen blevet fyret, men nu havde de alle et større distrikt uden egentlig at tjene mere, og han der havde fået Nørrebro, skulle to dage om ugen assistere ved fogedforretninger, et arbejde firmaets førstemand tidligere havde udført. Førstemanden var heller ikke glad, for til gengæld måtte han nu overtage en del af det arbejde, chefen selv plejede at udføre. Den eneste, der profiterede af Lundegaards omtanke, var således chefen selv. Ja, og så bogholderen. For det var bogholderen, der havde gjort chefen opmærksom på fordelene ved en ny distriktsinddeling.

Så skulle man jo tro, at Lundegaard var kommet i kridthuset i hvert fald hos bogholderen. Men det var aldeles ikke tilfældet. Tværtimod. Bogholderen, der var steget i chefens agtelse, følte sig irriteret, så snart Lundegaard var inde på kontoret, ligesom man føler det ubehageligt at møde en mand, man har bedraget. Han var derfor studs overfor Lundegaard, kort for hovedet. Frygtede måske også, at Lundegaard skulle røbe, at det var hans idé, bogholderen havde udgivet for sin.

Lundegaard havde altså på alle områder tabt terræn. Og det tilmed i kraft af sine evner, der burde have forbedret hans stilling. Han havde nu et større og vanskeligere distrikt, og det gode forhold til bogholderen var ødelagt. Og det betød slet ikke så lidt at stå sig godt med bogholderen.

Sådan kunne man reflektere i timevis over den forbandede affære med distriktsinddelingen, men det faktum stod fast, at hvis han havde båret sig rigtigt ad, havde han forbedret sin stilling i stedet for at forværre den. Han skulle være gået direkte til chefen og have gjort opmærksom på manglerne ved den gamle inddeling og påpeget fordelene ved en omlægning. Det var indlysende og ligetil. Han ville være kommet til at stå sig godt med chefen, og når de andre mærkede det, ville de kappes om hans venskab, gøre ham småtjenester og sådan noget. Man kunne jo bare se, hvorledes hele personalet bestræbte sig for at stå sig godt med bogholderen, for at gøre ham tilpas, fordi de vidste, han havde chefens bevågenhed. Og i virkeligheden kunne de ikke fordrage bogholderen, men det havde jo ingen praktisk betydning. Lundegaard var såmænd godt lidt af kollegerne, men det havde heller ingen praktisk betydning, for der var ingen, der så sin fordel ved at stå sig godt med ham.

Næ, nu er Lundegaard alligevel ved at blive klar over, hvad det er, det kommer an på her i livet. Mærkeligt nok, at han ikke før er blevet klar over det, han er jo da ikke helt ung længere. Og nu han først er blevet klar over det, ser han straks tusinde tilfælde, der bekræfter hans opfattelse. Er det måske ikke sådan, at hvis man træffer en gammel bekendt på gaden og i samtalens løb indrømmer, at det går skidt, ja, at det rent ud sagt går ad helvede til, bliver samtalen kun kort, bekendten får pludselig travlt, skal være et sted til bestemt tid og så videre. Hvis man derimod kan oplyse, at det går storartet, at man er kommet ovenpå, er vedkommende næsten ikke til at ryste af sig igen, men inviterer en hjem til sig en dag ved lejlighed, har ærligt talt tit spekuleret over, hvordan det mon gik med en, og sagt til sin kone: Hvordan mon egentlig Lundegaard har det og så videre. Ja, hager sig ligefrem fast som en burre og bliver ved at gentage, hvor morsomt det var, at de endelig igen traf hinanden.

Og er der egentlig noget at sige til det. Livet er jo en evindelig kamp for at klare den, og når folk møder noget på deres vej, der kan blive dem til fordel, bliver de glade og opstemte, og når de møder noget, der eventuelt kan forringe deres muligheder, forsøger de naturligvis at slippe udenom. Hvad skal man med en gammel bekendt, der er gået nedenom og hjem eller er ved at gøre det? Han kan jo kun blive til ulejlighed og besvær. Vil måske oven i købet låne penge. Men en gammel bekendt, det går godt, er det rart at møde, måske kan han skaffe en en bedre stilling.

Næ, det er sgu Lundegaard selv, der er noget i vejen med.

Andre mennesker er livsdygtige og ser sundt og naturligt på tingene. Nu er vi desuden efterhånden kommet hen i august, og der er altså gået otte måneder siden forretningen lukkede. Det er altså på tide, at han får lidt orden på grejerne og får skabt grundlaget for en tilværelse, der er til at holde ud for et tænkende menneske. Og hvis det er sådan fat, at livet kun kan blive fordrageligt ved at slå folk på skuldrene og snakke dem efter munden, godt — så er Lundegaard parat til det. Han er parat til hvad som helst, der kan forbedre hans stilling.

II

Så endelig en morgen kan de hente Poul på banegården. Hans ansigt er gråt, og fængselsluften hænger ved ham. Desuden er der kommet noget fremmed ved hans ansigt, der gør hans mor bekymret, et træk ved mundvigen, hun aldrig har set før.

De drikker kaffe på banegårdens restauration. Fru Lundegaards øjne er rødrandede af gråd, og det er ikke fri for, at Lundegaard har en klump i halsen. Kun Poul synes ikke at føle noget ved gensynet, der er noget hårdt ved hans ansigt, og han siger som sædvanlig meget lidt.

Da Lundegaard siger, at nu skal Poul bare tage den med ro og gå og have det godt, som om han havde ferie, gå i vandet osv., går der en skygge over Pouls ansigt. Nu har han været spærret inde hele den dejlige sommer, og nu er den forbi, og andre mennesker er kommet hjem fra ferier og nu, hvor badesæsonen er ved at være slut, kan han få lov til at gå og gøre sig livet behageligt.

Og selvfølgelig er det rigtigt, at sommeren nu er forbi. Det kan man jo se på så mange ting, og desuden viser almanakken, at dagen er forkortet med henved to timer. Så hurtigt går tiden. Inden man ved et ord af det, er det efterår med slud og mørke aftener. Og så kommer vinteren, som der vist ikke er mange, der glæder sig til.

Men sensommeren kan da også være en dejlig årstid, og særlig august står for mange som årets skønneste måned. Det er jo da også frugtbarhedens og yppighedens måned. I Høsterkøb er æbletræernes grene tynget til jorden af gylden frugt, i bondehaverne er der et væld af skønne haveblomster, i hegnene kan man plukke nødder, og inde på bunden af den sortgrønne granskov flammer de giftigrøde fluesvampe op i løbet af en nat. Og selvfølgelig er den skønneste måned den, der fylder menneskenes lader med korn. Mejemaskinerne synger over hele det lille land, og de bølgende kornmarker med brungule strå, der svajede under vægten af de gyldne aks, forvandles til nøgne stubmarker, hvor traverne står i lange pæne rækker. Og Lundegaard, der er fra landet, tænker i august altid på, da han som dreng lå på ryggen på toppen af kornlæsset og bare så op i den blå himmel med de fine, fjerlette skyer, cirrusskyer hedder det vist.

Selvfølgelig behøver Poul ikke at rynke på næsen af august. Han behøver jo blot at tage på fodtur i Nordsjælland for at opdage denne måneds yppige og varme skønhed. Trave langs med skovgærderne, hvor rønnebærrene gløder i tunge klaser, han kan plukke brombær, vilde brombær og samle kantareller. Men selvfølgelig vil Poul ikke gøre noget af den slags. Han havde forestillet sig sommeren i sandet på Solrød Strand mellem alle teltene. Det var det, han havde ønsket sig af sommeren, når han havde drømt om den. Måske det billede af en pige i badedragt, Nielsen havde vist ham, havde bidraget dertil. Under alle omstændigheder var det det, Poul forstod ved sommerferie, og det var han gået glip af. For nu blomstrede lyngen på Solrøds bakker, og rutebilerne havde travlt med at køre de mange telte ind til byen.

Næ, Poul tager ikke nogen steder hen, han går bare og drysser om i byen. Op ad den ene gade og ned ad den anden.

Og selvfølgelig må man indrømme, at der ikke er meget ved august inde i byen. Ude omkring kan man ryste blommer af træerne og gå på jagt i moserne med lange støvler, hund og bøsse, men herinde i byen kan man sgu hverken det ene eller det andet. Ja, man kan selvfølgelig gå på Langelinie og på Smedelinien, men det bliver jo også kedeligt efterhånden, og når man så kommer ind til byen igen og ser Nyboders smudsiggule, fugtplettede gamle huse stå der for enden af St. Kongensgade, kan man sgu godt miste humøret. Det er meget godt, at der dufter af rug og høst på landet, og at Rørvig kan avertere med blå gopler, men hvad fornøjelse har man vel af det herinde på brostenene.

III

Når alt kommer til alt, adskiller den ene måned sig såmænd ikke stort fra den anden. Der sker jo ingenting. Der sker jo aldrig noget. I hvert fald ikke som i romanerne, hvor folk oplever de mærkeligste ting. For hver måned, der går, viger de store ønsker og drømme en måned længere ud i fremtiden. Og hvis der endelig en dag skete noget, ville man såmænd knap lægge mærke til det. For det er hverdagens små ting, der præger livet, og de er altid ens, og det er lige ved at man lægger mere mærke til, hvis ens tandbørste knækker om morgenen, end hvis ens kæreste slår op med en om aftenen. Næ, der sker aldrig noget, romantikken er altid alle mulige andre steder end der, hvor man i øjeblikket befinder sig. Og den ene dag ligner den anden på en prik. Hver morgen kl. 7 ryger rullegardinet op med et smæld, og Anna famler halvt i søvne efter sine strømper. Hun sidder altid i sengen og tager strømperne på, og selv om hun er en både sund og velskabt pige, er det ærlig talt ikke noget særligt romantisk syn at se hende sidde der i den tilsovede seng med uredt hår og søvn i øjnene. På filmen sover folk altid i nydelige pyjamas med venstre hånd under nakken og beherskede ansigtsudtryk, og når de vågner, er de velsoignerede, og håret ligger i pæne slyng og krøller på den hvide pude. Anna sover med åben mund, måske snorker hun endda, og når hun sidder der i sengen og tager strømper på, gaber hun og klør sig i håret, hendes hud er svedigt glinsende, og luften i stuen fortæller tydeligt, at her har et menneske sovet i 6 timer. Men Anna er jo selvfølgelig heller ikke hverken japansk prinsesse eller filmøse i Kalifornien, hun er bare en lille almindelig københavnsk ekspeditrice, der søvndrukken er ved at tumle ud af sengen, kun iført en billig, stumpet chemise og et par forstoppede silkestrømper.

Hver morgen kl. 7 sker nøjagtigt det samme, hver morgen kl. 7,40 sidder Anna på sin cykel på vej til magasinet, hver dag tæller hun minutterne til frokostpausen om formiddagen og minutterne til lukketid om eftermiddagen. Hver dag det samme, det samme. Om og om igen. Selvfølgelig sker der nok noget, sådan set. Men ikke noget, der griber ind i den daglige tilværelse. Nu er det for øvrigt gået i stykker med lageristen for alvor. Hun har sagt ham lige op i hans åbne ansigt, at han ikke var noget for hende. Han er for veg og har hang til at blive sentimental. I begyndelsen syntes hun om det, men nu ækles hun ved det. Om han i det mindste engang imellem havde vist et glimt brutalitet. Men hun er klar over, at det ikke er hans natur. Gud bevares, hun kan godt selv være rørstrømsk, hvis det kommer over hende. Men hun er for meget kvinde til at kunne holde ud, at han evig og altid er det. Han er en drømmer, ja, rent ud sagt et skvat. Ikke sådan at forstå, at han ikke kunne være hensynsløs overfor hende, det har han såmænd været så tit, ikke dikteret af maskulinitet, men af egoisme, selvoptagethed, indbildskhed.

Selvfølgelig måbede lageristen, da hun endelig sagde sin mening om ham. Stod og fik ondt af sig selv og var lige ved at græde, så hun ikke kunne undgå at få lidt medlidenhed med ham og sige et venligt ord for at trøste ham, hvilket han selvfølgelig opfattede, som at hun stadigvæk elskede ham, og at det bare var et lune fra hendes side. Hun var begyndt at strikke en slipover til ham og sagde, at den skulle han selvfølgelig også have.

Desuden har hun lært en repræsentant at kende. Repræsentanten har motorcykel. Anna har altid drømt om at have en kæreste, der havde bil. En motorcykel er ganske vist ingen bil, men det er dog alligevel altid noget. Den åbner adgang til en hel del af det, hun ikke tidligere har haft adgang til. Lageristen havde kønne, bedrøvede øjne, øjne, der havde kaldt på noget i hende, men det havde alligevel været en skuffelse. Motorcyklisten er et mandfolk, alene det at lægge hænderne på hans læderskuldre i vejsvingene er en fornemmelse, der føles som et sug, en ny og berusende fornemmelse. Lageristen var blid, motorcyklisten er brutal og kraftig. Lageristen hævdede ikke at kunne blive far, motorcyklisten kan sikkert blive far til alle de børn, det skal være.

Sådan går dagene. Den ene efter den anden. Lageristen står også op hver morgen kl. 7 og kører på arbejde. Lageristen tæller også minutterne til frokostpausen. Og hver gang telefonen kimer i frokostpausen, giver det et sæt i ham, fordi det kunne jo være Anna, der ringede. Hun kunne have fortrudt. Selvfølgelig vil hun før eller senere fortryde, det er umuligt andet. Hun måtte da kunne mærke, hvor meget han holdt af hende. Det havde vel også noget at sige. Man kan da ikke sådan kaste et menneskes kærlighed bort, som om det var brugt tøj. Han er ikke meget værd i denne tid, lageristen. Om morgenen, når han kører på arbejde, kører han en omvej i håb om at møde hende. Dagen igennem ser han hendes billede for sig. Alt i denne verden syntes at have mistet sin betydning uden dette ene: Anna. Han ved godt, at hun har ret i sin dom over ham, sådan til dels i al fald. Men hun havde da ikke behøvet at vrage ham. Han ville jo gøre alt for at forbedre sig, for at blive sådan, som hun ønskede det. Han ville gøre alt, hvad hun bad ham om. Og han tror, at hun vil komme tilbage, før eller senere. For selv om han er sådan en stymper, kan hun da ikke sådan uden videre slette et menneske af sin tilværelse, et menneske, der holdt så meget af hende, som han gjorde. Og hun holdt jo også af ham. Det har hun vist så mange gange. Og man kan da ikke pludselig holde op med at holde af et menneske.

Sådan går dagene. Den ene ligner den anden på en prik. Også for Lundegaard. Han kører på sin gamle cykel fra den ene adresse i Sundby til den anden. Nogen steder er der nogen hjemme, andre steder er der ingen hjemme. Nogen gør undskyldninger, fordi de ingen penge har i dag, andre betragter ham som deres dødsfjende og behandler ham derefter. Nogen betaler et afdrag, det mindste, de kan slippe med. Lundegaard indretter sig efter forholdene, nogen steder er han myndig, andre steder underdanig. Det er man nødt til. Det, det gælder om, er jo at få pengene hjem. Hvis han ikke havde sine vanskeligheder, der bestandig truede med at slå ham ned, ville han sløves hen i denne inkassatortilværelse. Op ad trapper og ned ad trapper.

Men han skal nok bestandig blive mindet om, at der er andet her i verden end at inkassere rater. Nu er det vel snart på den tid, at afdelingschefen i klædelageret kommer hjem fra sommerferie, og så må han jo til det. Den måned, der er gået, har jo altså ingen ændring bragt. Selvfølgelig har han gået og kælet for den tanke, at det nypudsede forhold til svogeren var den sjat penge værd, og ramler det, når han kommer op på klædelageret, vil han forsøge den udvej at låne de 200 kr. af svogeren. På den anden side er det mistænkeligt, at svogeren bliver ved at gentage, at man bare skal låne folk penge, hvis man vil være uvenner med dem, og at han derfor meget nødigt låner penge ud, og da slet ikke til folk, han bryder sig om. Det kunne jo tyde på, at svogeren var bange for, at Lundegaard skulle komme og ville låne penge. Og den søndag, Lundegaard besøgte svogeren i hans pæne tjenestemandshjem, sad han jo også der ved kaffen og blev ved at tale om de sløje tider, om hvor usselt det var at være tjenestemand, om os fattigfolk, som har svært ved at holde den gående og så videre. Ja, han skulle sgu tale om vanskeligheder, det var han den rette til. Han, der sad i sin lune og gode stilling, sikret i alle ender og kanter, som tjenestemænd jo er. Hvad kendte han til vanskeligheder?

Nå, men nu fik man jo nok at se, hvordan det spændte af med klædelageret. Brevene havde han endnu, han behøvede kun at ændre datoen. Måske får han brug for dem. Om nogle dage er der gået en måned, siden han var deroppe, men der er jo ingen grund til at forhaste sig. Han kan såmænd roligt lade gå en to-tre dage over. Det sker der såmænd ikke noget ved, i al fald vil de så skrive til ham igen. Det er jo ikke hans skyld, at afdelingschefen er taget på sommerferie. Hvis ikke hans sag stod så forbandet skidt, havde han endda kunnet tillade sig at være en smule fornærmet. Hvad ligner det at skrive til et menneske om at komme op på kontoret og så ganske roligt rejse på sommerferie. Det er jo næsten at gøre nar af folk. I forretningslivet er det altid en fordel at være den forurettede part. Det giver et ekstra kort på hånden. Men her kunne det vist ikke hjælpe ham. Desuden var han jo ikke kommet straks, han havde få et brevet, men havde jo gået og trykket sig det meste af en uges tid.

IV

Det er såmænd også kun godt, at sommeren nu er forbi. Det bliver for ensformigt med solskin og varme. Og træernes blade har fået denne beskidte støvede farve, der bortjager den sidste rest af sommerfortryllelsen. Man trænger jo også til afveksling. Og den eneste afveksling, man har, er vejret og årstiderne. Ellers sker der jo aldrig noget. Den ene dag går som den anden. Det er ikke så underligt, at folk altid snakker om vejret, de har sgu ikke andet at snakke om. Undtagen, når der er seksdagesløb eller sådan noget.

Selvfølgelig sker der masser af betydningsløse ting hver dag. Nogen starter forretninger, og nogen likviderer forretninger, nogen bliver puttet i fængsel og andre bliver løsladt. Hele tiden er der trafik frem og tilbage. Så er der nogen, der går på Rådhuset og bliver gift, og nogen, der går på Rådhuset og bliver separeret. Jordemødrene hele byen over har travlt med at hjælpe små nye mennesker til verden, og præsterne har travlt med at putte de udslidte i jorden. Det er bare ubetydelige, ligegyldige ting, der sker. Det er slet ikke det, man tænker på, når man håber, at der en dag vil ske noget. Noget ufatteligt stort. Noget, der kan brænde sjælene rene.

Og særlig, når man er markør, har man god grund til at længes efter, at der skal ske noget, der kan vende op og ned på alting. En katastrofe, en krig, en revolution. Noget, der kunne løfte folk ud af hverdagen og give dem bevidstheden om deres jeg tilbage. Noget, der kunne løfte dem ud over forløjetheden. En ny syndflod.

En markør kan slet ikke undgå at blive uvenner med menneskeheden. Han ser menneskene der, hvor de dårligst egner sig til beskuelse: Ved et spillebord. Når spillet bringer et menneske i affekt, dukker urmennesket op igennem den tynde overflade. Og urmennesket er ikke nogen tiltalende skabning. Alt det andet, smilene, fraserne, høfligheden, overlegenheden, er kun en maske, folk tager på, når de går hjemmefra. Livet har lært dem, at når en million mennesker skal leve klos op ad hinanden dag ud og dag ind, må de dække deres jeg bag en maske. De, der taber masken, går det som regel ilde. Hvis deres liv flyder roligt bort, hvis livet aldrig kræver spil af dem, stivner masken over deres jeg, og det bliver aldrig opklaret, at der virkelig skjulte sig et jeg bag masken.

Desuden kan det slet ikke undgås, at en markør kommer til at synes om spiritus, og nu er det efterhånden blevet mere og mere almindeligt, at Nielsen går ud ved buffeten og henter sig en bajer. For det første forkorter det arbejdstiden, der aldrig synes at få ende, og det strammer op, når man er træt. Og Nielsen er altid træt. Selv ved middagstid, når han står op for at gå på arbejde, er han træt.

Men selvfølgelig kan man ikke sådan gå og drikke bajere, når man ikke tjener mere, end Nielsen gør. Så kan man selvfølgelig provokere en gæst til at give en bajer, eller man kan skylde for den hos tjeneren. Man kan også låne penge, og man kan vente med at betale sin husleje.

På denne måde bliver livet også gladere. Man må hellere være munter, dus med gæsterne og skylde dem penge end være sur, træt og ædru. Desuden lægger værten jo mærke til, at man står sig godt med gæsterne, og rædslen for at blive fyret hænger jo stadig en i kroppen.

Den mand, der ikke skylder nogen noget, der har orden i sine sager, er afholdende og passer sine ting, falder ikke til i dette miljø. Bedemænd er altid kedelige, man lader, som om man respekterer dem, men gør det i virkeligheden ikke. Den mand, der skylder alverden penge, der drikker og fortæller vovede historier, der altid smiler og er letsindig, forarges man officielt over, men manden er alligevel alles yndling. Letsindigheden har altid været populær, retskaffenheden aldrig. Hæderligheden har altid været kedelig.

Og når gæsterne efter lukketid tager i natklub, tager de Nielsen med. Og da det er de andre, der betaler, må Nielsen vise sig erkendtlig ved at være morsom. Desuden kan

137

man spille med gæsterne, de tilgiver gerne, at man vinder deres penge, men aldrig at man er kedelig.

V

Sådan flyder dagene som en flod mod havet. Sådan flyder ugerne, månederne. Det går aldrig helt galt, og det kommer aldrig til at gå helt godt. Når alt kommer til alt, spiller det jo heller ikke så stor en rolle, om det går godt eller dårligt. Der kommer altid en dag bagefter, solen står op hver morgen og går ned hver aften, ganske uanfægtet af Annas kærlighedshistorier, Lundegaards vanskeligheder og markør Nielsens letsindighed. Og desuden viser det sig jo altid, at når man har overvundet en vanskelighed, opstår der straks en ny. Og hvordan det end går, har livet alligevel altid små glæder i behold til en. Lundegaard ved sgu godt, at han nærmer sig et punkt i livet, der ligner en afgørelse. Men der er ingen afgørelse, der er endelig, og Lundegaard er ved at blive apatisk, ligeglad med det hele. Selvfølgelig vil han gøre sit bedste, han er bare roligere nu. Det hele betyder jo ikke så forfærdeligt meget.

NIENDE KAPITEL

I

Indspundet i edderkoppespind, sølvglitrende af morgentåge og dug, modtager det lille, pæne land september. Rundt om ved kysterne begynder tunfisken at vise sig, og i de stille morgener høres fiskerbådenes motorhakken, når de vender hjem med lasten fuld af blanke, fede høstsild. For sidste gang sejler båden til Saltholm med udflugtsglade københavnere, og langs Nordsjællands landeveje står haveejere og falbyder de første frugter til forbipasserende. På Nybrovejens huse er vildvinen rødere end blod, og på Københavns boulevarder begynder træernes blade at gulne; i den store allé langs Dyrehavens kant ved Hjortekær, ligger kastanjerne spredt over den våde jord. Stærene samler sig for at forberede afrejsen, og i alle ordentlige huse er der nu varme i rørene. Opvarterne på fortovskaféerne jamrer over, at det er køligt, og på landet jamrer bønderne over, at der ikke er kommet regn nok til roerne. Folk, der har god tid, løser rundskuehæfteopgaver, og andre snakker kun om landstingsvalget. Nogle snakker om, at svovlsyre igen giver 12 pct. i udbytte. Nu åbner de store sprogkursus, og modehusene har travlt med at forberede damernes vinterrober, det er for længst fastslået, at rosa sølvlamé vil blive den kommende sæsons store skrig. September er aldrig til at tage fejl af. Der findes ikke et sted i hele det lille eventyrland, uden man kan se, at det er september. I moserne svajer muskedonnerne, og sivenes dunede toppe hvisker om sommeren, der gik, og vinteren, der kommer.

Men ingen føler mere end lageristen, at sommeren er forbi. Han er en drømmer. Sentimental. Og nu han har mistet Anna, har hans drømme forherliget hende og forskønnet hende. Pudsigt nok forsøger han samtidig at overbevise sig selv om, at der såmænd ikke var så meget ved hende, at han er gået glip af noget. Men drømmene har alligevel overtaget, og hun står efterhånden så idealiseret i hans bevidsthed, at han vel knapt kan kende hende, hvis han møder hende.

Og chancerne for, at han møder hende, er ikke så små, for han ved jo så nogenlunde, hvor hun færdes, og uvilkårlig styrer han sine skridt den vej. Og måske mente hun det ikke så alvorligt, det var måske blot et lune, og når de mødes, vil alt blive godt igen. Hun vil bare ikke være den, der kommer først. Sådan ynder han i det mindste at udmale sig mødet. Han udmaler sig det i alle detaljer. Hun vil komme gående i sin swagger og med sin baskerhue, der er trukket ned i panden, og i samme øjeblik hun ser ham, vil hun smile varmt, og hendes øjne vil sige: Skal vi være gode venner igen.

Somme tider forekommer han sig selv latterlig. Gå her og spille idiot for en piges skyld. En pige, der har forsmået ham. Han tager sig selv i nakken og siger, at nu skal det være løgn. Men så pludselig, mens han står og lægger en faktura i en konvolut på lageret, ser han igen hendes billede for sig, læberne, øjnene, håret, og han får en følelse af, at noget i ham vil tvinge ham til at briste i gråd.

Atter og atter siger han til sig selv, at det kun er et spørgsmål om tid, så vil hendes billede komme sjældnere og sjældnere, og efterhånden vil han glemme hende. Men det lader aldeles ikke til at skulle gå sådan. Det bliver snarere værre og værre. Han overvejer at skrive til hende og fortælle hende, hvor meget han længes efter hende, men instinktmæssigt føler han, at det ville være det værste, han kunne gøre. Når man siger til en kvinde: Kom, så går hun, og når man siger: Gå, så kommer hun.

Desuden er der det med slipoveren. Det er et håb, han klynger sig til. Hun havde jo sagt, at selv om det nu var forbi mellem dem, skulle han have sin slipover. Før eller senere er hun jo altså nødt til at sætte sig i forbindelse med ham, der skal jo tages mål og sådant noget. Og selv om hun gør den færdig uden at tage mål, skal hun jo give ham den. Hvis han altså blot har tålmodighed, vil det hele ordne sig af sig selv. Han skal blot ikke på nogen måde lade hende vide, hvor meget han længes efter hende, det vil blot ødelægge det hele.

II

Som Lundegaard havde tænkt sig, kører han stadig rundt på sin cykel i Sundby og inkasserer. Der er ingen forandring sket. Han har været på klædelageret, og verden var ganske den samme, da han gik derfra, som da han gik derop. Selvfølgelig lå der et helvedes hus til ham, afdelingschefen var ikke nær så høflig, som da han var oppe og hente stoffet. Men Lundegaard havde den trumf i baghånden, at i sidste instans ville svogeren nok låne ham de 200. Det gav hans optræden mere ro, og hans ydmyge høflighed gjorde resten. Naturligvis var afdelingschefen ikke noget uhyre, han forstod, hvad der havde drevet Lundegaard til hans desperate handling. Desuden skulle afdelingschefens datter giftes i næste måned, og afdelingschefen yndede i denne tid rollen som menneskeven. Og hovedsagen var jo, at firmaet fik sine penge og at afdelingschefen ingen ubehageligheder fik. Først talte man så om fire månedlige afdrag à 50 kr., men da Lundegaard ikke mente at kunne klare den, enedes man om 20 kr. pr. måned. Det var en human ordning, og Lundegård følte sig overbevist om, at det kunne han sagtens overkomme. Han havde i det hele taget fået sit mod tilbage. Det gik jo, det gik jo.

Men det bliver alligevel det faste arbejde, han må sætte sig som mål. Så længe han gik og troede, at det kunne ramle, hvad dag som helst, var der jo ikke megen mening i at arbejde på længere sigt, det gjaldt blot om at skabe så mange disponible aktiver som muligt, for at kunne afværge farerne efterhånden, som de opstod. Det var som i krigen, hvor man udnytter alle forhåndenværende muligheder for at klare øjeblikket. Nu følte han det, som om der var sluttet fred, og det gjaldt om at bygge op fra bunden, at arbejde på langt sigt. Det var vel også derfor, hans sager stod så dårligt, han havde bestandigt måttet manøvrere, havde trukket veksler på fremtiden for at klare situationen, veksler, der senere skulle indfries, og indfries med mere, end han havde modtaget. Det var klart, at på den måde kom man kun længere og længere ud. Det var pip at tro, at man kunne klare sig gennem resten af livet ved hjælp af manøvrer. Selvfølgelig har han været klar over det hele tiden, men forholdene har tvunget ham til at manøvrere. Og ingen kan sige andet, end at han har været dygtig til at klare de mest fortvivlede situationer. Hans familie skulle vide, hvad de skyldte ham. Men de anede intet om, hvilke farer, der havde truet det lille hjem, farer han havde afpareret, den ene efter den anden, roligt og koldblodigt, uden nogensinde at tabe hovedet. Og de fik det aldrig at vide, han var ikke den mand, der råbte op om sit eget værd.

Kun var han klar over nu, at alle kloge betragtninger, alle økonomiske oversigter, budgetter, ikke hjalp et hak. Det eneste, der kunne hjælpe, var at han fik en anden stilling og kom til at tjene flere penge, ikke blot fem eller ti kr. mere om ugen, men noget der klodsede. Det var det, han måtte sætte sin energi ind på. Han måtte forsøge at blive handelsrejsende eller sådant noget. Indenfor manufakturbranchen. Selvfølgelig kunne det lade sig gøre. Han var jo en dygtig mand indenfor sit fag, god kender af stoffer og kvaliteter, gammel forretningsmand og med evne til at omgås folk.

For det, der er sket hidtil, har jo ikke været andet end en ompostering af gældsposterne. Og samtidig er gælden steget, ustandselig er gælden steget. Ja, når han tænker rigtigt efter, har der vist været et par måneder, hvor det lige slævede af, det var de måneder, hvor han levede efter princippet: Være sparsommelig og energisk. Men på den måde ville det være umuligt at leve livet, det kan man gøre et par måneder eller tre, men ikke bestandigt. Det var det gamle ordsprog om at sætte tæring efter næring, og det var selvfølgelig godt nok, men det betød naturligvis ikke, at man skulle finde sig i at leve, som man gjorde, uden forsøg på at få det bedre. Så kunne man jo også lige så godt sidde i fængsel, der havde man da også udkommet. Det var udmærket at sætte sin energi ind på at få det til at gå rundt, men det var bedre at sætte den ind på at skaffe sig en rigere indtægtskilde. Til syvende og sidst var det alligevel dér, hunden lå begravet.

Handelsrejsende ville være udmærket, og desuden var han den mand, et firma kunne være tjent med at have. Ganske vist vidste Lundegaard udmærket, at der er så mange handelsrejsende, at man kan føde svin med dem, men for en dygtig mand er der altid en chance. Og er det måske ikke rigtigt, at man kan, hvad man vil. Og Lundegaard havde både energien og evnen, det gjaldt blot om at gribe sagen rigtigt an.

Der var flere metoder, der kunne føre til målet, men særlig to, der syntes at indebære muligheder for at give resultat. Den ene var en annonce, der oplyste, at en fhv. manufakturhandler med mange års kendskab til branchen kunne tænke sig at berejse landet for større firma. Man skal aldrig gøre sig mindre, end man er, særlig ikke indenfor forretningsverdenen. Men med sit kendskab til livet mente Lundgård nu nok, at det ville blive den anden metode, der skaffede ham den ønskede stilling. Og den anden metode var protektion. Han måtte tænke efter, hvilke forbindelser han havde indenfor manufaktur en gros, opsøge disse forbindelser, og ad den vej komme ind i noget. De kunne jo antage ham på prøve, han skulle faneme nok vise dem, at han var manden, der kunne sælge en vare. Når han tænkte på de handelsrejsende, han kendte, fik han nyt mod. Når de kunne, kunne han også. Han var aldeles ikke den mand, der overvurderede sig selv, men når det endelig skulle være, turde han nok sige, at han kunne udføre det arbejde bedre end mange af dem, han kendte. Ikke så lidt bedre endda.

III

Sådan en septemberaften er alligevel noget af det vidunderligste. Belysning og temperatur, farver og dufte kalder en rolig, behersket livsglæde frem i en. September er kærlighedens og naturglædens eftersæson. September er ikke som maj de store, stormende følelsers måned, der er ingen jalousidramaer, ingen nattergale i Ordrup Krat, ingen suk i månebelyste pigekamre, ingen ballade på kroballerne på landet, kun en stille og blid afglans af forårets stærke livsytringer. Det er afskeden med sommeren, der kalder på de samme følelser, som velkomsten efter den triste, fattige vinter, det er aftenen, hvis symptomer ligner morgenens.

Nedad Vesterbrogade glider menneskestrømmene i begge retninger, butikkernes lys vælder ud over gaden, og fra tagene trækker neonlysenes stærke farver øjnene til sig. Pigen i den lilla dragt går ikke længere med lilla dragt. Men da hun elsker lilla, og lilla er efterårets store mode, bærer hun en lilla kjole under den imiterede jaguarpels, der er ny og flot, og nok skal have kostet ét hundrede kr. eller deromkring.

Måske har hun ikke længere sin kæreste at føde på, måske er det en svensk grosserer, der har været på forretningsrejse til Kongens Stad. Desuden er det kun i dagslys, man kan se, at jaguaren er imiteret, og hun er jo så sjældent på gaden i dagslys. Der sker jo stadig væk noget, og pigen i jaguarpelsen reflekterer jo også over tilværelsen og er for tiden af den opfattelse, at det alligevel ikke nytter noget at gå og spare sammen og drømme om forretning, kendsgerningerne viser, at det ikke fører til noget. Man må hellere nyde livet, mens man er ung og ser godt ud, de glæder man har haft, kan i det mindste ingen tage fra en. Det gælder om at tjene penge, købe smukt tøj og komme de steder, hvor det foregår, hvor livet pulserer. Måske vil nogen forelske sig i hende og gifte sig med hende. Bare ikke tage tilværelsen for tungt. Man skal smile, være glad og letsindig, sådan som mandfolkene kan lide det. Hvem bryder sig vel om hængehoveder eller sparsommelige stræbere, der puger sammen til forretning og er bekymret for fremtiden. Den ene dag køber hun et nikkelarmbånd, den næste en lille sød hund af træ, der med en nål sættes fast på brystet og afslører ejerinden som en moderne pige med god smag, en dag en ny hat og en anden en flaske varmtduftende parfume, der bølger i en sky om hende, og taler til mændenes følelser via deres næsebor. Hun tilbringer lidelsesfulde timer hos damefrisøren, og ofrer mange penge på dyre silkestrømper og manicure. Sådan skal livet leves. Smile, være elegant og charmerende, og vente på chancen.

Det er forkert at tro, at der ikke sker noget. Der sker masser. Livet er indholdsrigt og fortræffeligt. Poul har fået arbejde hos Burmeister & Wain og Anna er forflyttet ti! en anden afdeling og får mere i gage. Med en stille hoveren kan man konstatere, at barberen, der tog halvanden kr. for en klipning, har måttet lukke biksen, butiksruderne er allerede snavsede, og plakaten, hvor der står: Til leje, er gul og har fugtpletter. Nede hos grønthandleren kan man købe store, grønne madæbler, der dufter af Tåsinge, og på

Strøget ved Helligåndshuset står en mand og sælger vidunderlige buketter efterårsblomster à 1 kr.

Anna har været på tur med motorcyklisten til Gurre Sø, hvor de fandt en herlig plet ved bredden, rejste telt og gik i vandet, til trods for, at det var så sent på året og de ingen badedragter havde med. Havde i det hele taget en dag ud af det, der var omtrent så romantisk, som man ser i de amerikanske film, hvor ungdommen ikke bestiller andet end at padle rundt i store skovsøer i kanoer, der er polstret med blomstrede puder og med en rejsegrammofon, hvis smægtende toner blander sig med søens sagte skvulp. Naturligvis er motorcyklisten trods alt lidt af en skuffelse, han er somme tider både grov og dum, men der er jo intet her i verden, der er fuldkomment.

IV

Selvfølgelig sker der stadig noget, og det er pudsigt at se, hvordan tilfældighederne griber ind i det daglige liv, og pudsigt at lægge mærke til, at det alligevel ikke er tilfældighederne, der afgør ens skæbne, men den måde hvorpå man reagerer overfor tilfældighederne. For det er jo aldeles ikke første gang i sit liv, Lundegaard på et værtshus træffer et menneske, der sælger leksika på afbetaling, og hvis det var sket for blot en uge siden, ville Lundegaard selvfølgelig have ladet leksika være leksika.

Naturligvis kan Lundegaard ikke undgå at komme på beværtninger. Når man sådan skal ligge og rakke rundt evig og altid ude i fattigkvarterernes kaserner, kan man godt trænge til en kop kaffe eller en bajer. Sidde lidt i ro ved en cigar og tænke over tingene, inden man farer på igen. Desuden er der stor forskel på beværtninger, og de steder, hvor Lundegaard går ind for at få en forfriskning og hvile sig lidt, er såmænd lige så respektable som en kirke. Der er sand på det skurede gulv, værten serverer og hans kone passer buffeten, til køkkenet har de en pige, og to gange om ugen har de tjener i hvid trøje. Der er lige så stor forskel på værtshuse, som der er på mennesker, de indretter sig efter behovet og behovet er forskelligt.

Nu regner Lundegaard jo for øvrigt med, at hans fattigdom og hans besværligheder kun vil vare kort tid. Han har allerede talt med flere mennesker, og inden længe har han en stilling, hvor blot en måneds fortjeneste vil kunne feje alle gældsposter ud af verden. Selvfølgelig kan det vare både to og tre måneder, men det afgørende er jo, at han nu har noget at se hen til, og at inkassatortilværelsen med tilbehør kun er en gæsterolle. Derfor tager han det heller ikke længere så højtideligt med at ryge en cigar mere eller mindre, det kan jo være nogenlunde ligegyldigt om hans status er 25 øre bedre eller dårligere, den dag han begynder som handelsrejsende, det gælder jo blot om at holde den gående kort tid endnu, så er hans visit i denne triste trappegangstilværelse til ende, og han kan se tilbage på den som en ubehagelig, men selvfølgelig lærerig periode.

Følgelig sidder han nu også oftere end før på et sådant lille hyggeligt værtshus og drømmer om fremtiden. På bordet står hans bajer og i askebægeret, der er reklame for et whiskyfirma, ligger hans cigar og sender en fin, blå røgspiral mod loftet. Han har ikke taget sin gabardinefrakke af, skøderne er hæftet fast til lommerne med cykelklemmer, hans hat ligger på stolen ved siden af ham. Han sidder der så stille og rolig, som en indisk buddha og stirrer gennem lorgnetterne ind i sin fremtidige tilværelse som handelsrejsende. Han bor på de største hoteller, det forlanger firmaerne jo at man skal, og hotellets personale behandler ham med udsøgt høflighed. Hr. Lundegaard her og hr. Lundegaard der. Han gør gode forretninger, og når han er i København, sidder han i en bøffellædersstol og konfererer med chefen. Det er sgu noget andet end at skulle stå ved skranken og gøre afregning med bogholderen, der dårligt ved, om han gider hilse på en.

Naturligvis sker det også, at han sidder og kommer i snak med nogen, det er jo de forskelligste mennesker, der kan dumpe ind på sådant et værtshus, og det er altid interessant at høre, hvordan andre mennesker egentlig bærer sig ad med at klare den. Og i dag er han altså kommet i snak med en mand, der sælger leksika på afbetaling, og inden der er gået en halv time, har han fået mandens hele levnedsløb. Mandens far var underkanonér i marinen, og de boede i Kamelgade nr. 12, han har været ude at sejle, han har haft en lille cigarforretning, der gik i stykker, har levet et halvt år under socialkontorets beskyttelse med kontrolkort, undersøger i hjemmet, skemaer, der skulle udfyldes på tro og love, har været uheldigt gift og er nu separeret fra konen, der med to børn er rejst hjem til Jylland, hvor hun kom fra, har haft tilfældigt arbejde ved hvad som helst og sælger altså nu leksika på afbetaling, men sælger dem på en måde, der lader formode, at han nok snart mister den tjans. Altsammen noget, der er egnet til at vække Lundegaards sympati for manden. I begyndelsen, han solgte leksika, var han såmænd besjælet af den bedste vilje. Sled i det som et bæst. Nu han endelig havde fået en ordentlig tjans, skulle han nok vide at skaffe sig en stilling af det, der kunne gøre livet udholdeligt, kunne måske senere få fast gage og så videre. Men så efterhånden tog han mindre højtideligt på det, og nu er hovedsagen for ham at få en kundes underskrift på en kontrakt og hurtigst muligt komme ind i firmaet og hæve provisionen, — uden småligt hensyn til om kunden er i stand til at betale. Han er en mand med stærk trang til at være glad og omgivet af gode venner, vil for enhver pris give en omgang, og hvis værten ikke havde set så bister ud, havde han såmænd også fået en genstand med. Lundegaard er selvfølgelig lidt betænkelig ved situationen, man ved jo ikke engang, om manden har penge i lommen til at betale hvad han har krævet ind, men på den ene side synes han at de sidder og har det hyggeligt, og på den anden side kan det godt være, at han vil købe et leksikon.

Den fyrretyveårige søn af en afdød underkanonér lægger ikke skjul på fordelene ved at købe et leksikon. Der er 5 kr. i udbetaling, som skal erlægges ved kontraktens underskrivelse, men dem vil han højmodig eftergive Lundegaard, der blot skal sætte sit navn på papiret, hvorefter han om nogle dage frit og franko vil få leksikonnet bragt hjem til sin bopæl. Derefter kan han for repræsentantens skyld gøre med leksikonnet, hvad der falder ham ind, det vil han ikke blande sig i, og ingen andre vil blande sig i det, hvis blot Lundegaard overholder sin forpligtelse til at betale 5 kr. om måneden. I forbigående bemærker han, at man kan gå lige til en antikvarboghandler og sælge leksikonnet for 75 kr. Desuden er repræsentanten ikke bange for at give lidkøb, hvis Lundegaard beslutter sig til at købe et leksikon.

Selvfølgelig sidder Lundegaard og tænker på stoffet, klædelageret og alt det der, men forholdene ligger jo alligevel noget anderledes i dag. For det første kan han sagtens klare de 5 kr. om måneden, de gør jo hverken fra eller til, og så længe han passer betalingen, sker der naturligvis ikke noget, for det andet ville det være ganske overordentligt behageligt at få 75 kr. sådan lige ind ad døren. Om nogle dage forfalder symaskineafdraget, og om en halv snes dage er det den første, hvor der kan ske de frygteligste ting, hvis han ikke kan klare sine forpligtelser. Foruden hr. Salomonsen og huslejen er der jo nu også klædelageret. Nu har han en chance for at komme over den første på en nem og bekvem måde.

Alligevel ville han ikke have gjort det, hvis han ikke havde regnet med at få en stilling som handelsrejsende i løbet af et par måneder. Han er selvfølgelig klar over, at han sætter penge til på transaktionen, men der er alligevel så store og iøjnefaldende fordele ved den forretning, at det opvejer omkostningerne.

Og endda sidder han der og kan ikke bestemme sig. Skulle det være noget i retning af, at brændt barn skyr ilden, der holder ham tilbage? Eller er det en forudanelse om noget ondt, dette mystiske instinkt, der af og til griber ind i menneskenes handlinger? Når alt kommer til alt er der noget ved manden, han ikke kan lide, måske er det fordi han ser ud, som om han holder af grilleret lammehoved. Og Lundegård kan ikke fordrage folk, der spiser grilleret lammehoved med alle tegn på henrykkelse. Der er noget lascivt, noget frastødende, ved lammehovedspisere. De ser ud som om de tænker på blottede kvindeknæ, medens de roder i lammets hjernemasse. Lundegaard kan ikke fordrage lammehoved. Og får kvalme ved tanken om østers eller brisler.

Men de 75 kr. er et håndgribeligt faktum, hvis han sætter sit navn på papiret. 7 tikronesedler og en femmer. Det andet blot noget tåbeligt vrøvl. Altså låner han mandens fyldepen og skriver August Lundegaard på den punkterede linje i nederste højre hjørne af kontrakten.

Og det må siges, at manden holdt, hvad han havde lovet. De fik endda mere end én omgang, og til trods for at Lundegaard ikke rigtig kunne komme i stemning, gav han også en omgang. Der var ingen andre gæster i det lille værtshus end de to, der sad og fik den ene bajer efter den anden. Det var jo midt om eftermiddagen. Rundt om på væggene hang platter fra bryggerierne, og henne i vinduet stod et bur med to kanariefugle.

TIENDE KAPITEL

I

Nu er billardsæsonen ellers så småt begyndt, og markør Nielsen tjener mere end i sommer. Og alligevel er mennesket utilfreds med tilværelsen. Måske er det ham selv, der er noget i vejen med. Han er besat af tanken om, at han har et mindreværdskompleks, og råber op om det stakkels kompleks i tide og utide. Når alt kommer til alt er han storsnudet og arrogant, ikke så lidt af en kværulant, svær at stille tilfreds. Men på den anden side, hvis folk altid havde været tilfredse med, som de havde det, havde vi jo levet på stenalderstadiet endnu, levet i huler og slået tilfældige dyr for panden med en kølle og ædt deres kød råt. Det er menneskenes utilfredshed med det bestående, der har drevet dem frem. For resten har Nielsen det ikke nær så morsomt som den køllesvingende stenaldermand, hans tilværelse er rent ud sagt møgkedelig, gæsterne er kedelige, hans kammerater er kedelige, selv fritiden er kedelig. Det er jo evindelige gentagelser. Evig og altid det samme. Om og om igen. Nu har han lige markeret i et par timer for en mand, hvis bedste vittighed er et ræb, der giver genlyd i lokalet. Der er halvtomt i lokalet, ikke noget at bestille, og han kan i ro og fred hengive sig til ærgrelsen over en lille pæn mand, der er formand for en billardklub. Den lille pæne mand er iklædt blåt cheviot og ser højtidelig ud, som det sømmer sig for en formand. Han taler som en mand, der må veje sine ord, fordi han har et ansvar. Han er en middelmådig billardspiller, men en udmærket formand. Når noget går ham imod, stimulerer han sig ved tanken om, at han hører til de udvalgte, hvis død bliver publiceret i pressen: En af dansk billardsports betydelige skikkelser er gået bort. — Om ikke i dagbladene, så i hvert fald i sportsbladene. Og der vil stå noget om hans evner som leder, han vil blive omtalt for godt kammeratskab, et stort menneske vil der stå. Og han bestræber sig faktisk for at svare til dette smukke omdømme.

Markør Nielsen ærgrer sig. Han ærgrer sig over værten, der altid hænger i lokalerne, som om han var bange for at personalet ville løbe med hele forretningen. Han ærgrer sig over at pigerne smiler til ham, når han har travlt og er på vej til arbejde, men at de ikke smiler til ham, når han har god tid, når han har fridag og godt kunne tænke sig at optræde som erobrer, han ærgrer sig når der er meget at bestille, fordi han bliver træt og får ømme fødder, og han ærgrer sig, når der ikke er noget at bestille, han har jo udgifter i alle ender og kanter, og kan aldrig få det til at slå til.

Selvfølgelig er der lyspunkter i tilværelsen. Forleden måtte værten stikke ud ad bagdøren, da der kom en mand, der ville låne penge af ham. Og manden blev der hele aftenen. Hver gang værten kom tilbage, sad han troligt der og ventede. Man kunne måske engagere manden til at sidde der hver aften, så var man da fri for at have værten hængende i lokalet.

Men den slags lyspunkter er alligevel få. Det er og bliver en trædemølle. Galejslaverne har vel også haft lyspunkter. Tilværelsen er flad og kedelig. Desuden ødelægger nattearbejdet ens helbred, man går altid og er halvsløj, er aldrig rigtig i vigør. Og på den måde går tiden, den ene måned efter den anden. Og inden man har set sig om, er månederne blevet til et år, et indholdsløst og formålsløst år. Et menneskeliv består af så og så mange år, og når man ser rigtig efter, er det ikke ret mange. Så er ballet forbi, og man kan ikke leve livet om igen. Et menneske har kun ét liv.

II

For resten er vejret heller ikke egnet til at sætte humø-
ret i vejret. Det småregner og er fugtigt og koldt. Normalt
plejer oktober jo at være måneden med de gyldne farver,
den klare luft, den høje himmel, efterårssol og alt det der,
men i år er oktober sgu mildest talt kedelig. Inden bladene
har nået at blive røde og gule, har stormen revet dem af
og fejet dem sammen i pæne dynger på boulevardhjør-
nerne, nattefrosten har med én gang dræbt alt, hvad der
hed blomster, så de nu ligger som lig hen ad den kolde
jord i parkernes bede. Om morgenerne er der rim på ta-
gene, ved Langelinie river stormen lystbådene løs fra de-
res fortøjninger og smadrer dem mod stendæmningen,
på Vestkysten strander fremmede skibe, og små, fattige
hjem i Liverpool og Antwerpen berøves deres forsørger, i
Østre Landsrets have dækkes rosenbedene, fortovskafeer-
ne flyttes ind, og aviserne er fyldt med vintertøjsannoncer.
I Brønshøj er der en mand, der har dræbt sin femårige
søn, fordi de sultede og skulle sættes ud af kongens foged,
og et forstadsteater har succes på et stykke, hvis hovedper-
son er en arbejder, der ustandselig hævder, at vi jo egentlig
har det meget godt, det er kun idioterne, der beklager sig,
der er såmænd mange steder, hvor de har det meget vær-
re. Flyttedagen sætter som sædvanlig byen på den anden
ende, og kongen har været i biografen og set »Panserbas-
se«.

Selvfølgelig er der også dage med høj og klar luft, dage
med solskin og farver og røde hyben, og det er jo hovedsa-
geligt enligtstående træer, der er ribbet nøgne af stormen,
de der står i flok, har klaret den så nogenlunde og blusser i
alle kulører, som det nu hører sig til en solbeskinnet okto-
berdag. Men nogen rigtig oktober er det altså ikke blevet
til, kulden er kommet for pludseligt og jorden er så tør, at

153

bønderne ikke kan komme til at pløje. Folk, der kører i bil, taler om at skifte olie, og de forsigtigste af dem har allerede anbragt kappe på køleren.

Men for Lundegaard kan alt det selvfølgelig være rystende ligegyldigt. Han læser nok aviserne og ser hvad der sker omkring ham, men han har jo rigeligt i sit eget. Der er såmænd nok at tænke på. Ganske vist er han kommet glat over den første endnu engang, og den tid er ikke længere fjern, da han kommer ovenpå, men de stadige økonomiske spekulationer forbitrer alligevel tilværelsen. Han er pirrelig og åndsfraværende, og ryger sin cigar i små, nervøse drag. Han lever jo på en vulkan, og selv de stærkeste nerver kan ikke stå for det i det lange løb. Desuden er det en irriterende tanke, at ligegyldigt hvor meget han betaler hr. Salomonsen, skylder han alligevel mere, end han har fået udbetalt. Så snart han ikke kan betale hele afdraget, udstedes der et gældsbevis for resten, og da renterne lægges på med det samme, er beløbet betydeligt højere end det, der mangler i raten.

III

Men nu nærmer han sig i det mindste sit mål, og når han har nået det, vil alle disse småbekymringer jo med et slag være bragt ud af verden. Det er morsomt nok, at det netop var hans dumhed, der har skaffet ham den chance, han gik og sukkede efter. For selvfølgelig var det en dumhed at gå hen og købe et leksikon på afbetaling for at sælge det. Selv når man tog omstændighederne i betragtning, var det en dumhed. Men dumheden var lykkebringende, for da han kom ud fra antikvarboghandleren, hvor han havde solgt bøgerne, mødte han en gammel bekendt. Det måtte selvfølgelig fejres i al beskedenhed ved et glas øl og en cigar på en vinstue. Carlsen og Lundegaard havde stået i lære sammen i den lille jyske provinsby, og til trods for, at de begge havde levet det meste af deres liv i København, traf de altså først hinanden nu. Det var som et fingerpeg af skæbnen, nu havde Lundegaard haft modgang nok, nu ville strømmen vende sig, nu var kvalerne forbi. Carlsen var i hele verden netop det menneske, Lundegaard helst af alt ville møde, Carlsen havde en betydelig stilling i et af landets største firmaer i manufaktur. Import af manufaktur. Carlsen, der var et par år yngre end Lundegaard, så endnu op til ham af gammel vane og opfattede Lundegaards uskrømtede glæde over sammentræffet som pure gensynsglæde. Han glemte ganske, at Lundegaard i læretiden havde nøflet ham, og var lige så overstrømmende glad over mødet som Lundegaard. De fik mange glas øl, og da de skiltes, var det en afgjort sag, at Carlsen skulle skaffe Lundegaard ind som handelsrejsende i firmaet. Selvfølgelig kunne det ikke blive hverken i dag eller i morgen, chefen var i udlandet, men når han kom hjem, skulle Carlsen snakke med ham. Det skulle nok gå. Om en måneds tid kom chefen hjem, og så skulle Carlsen nok ordne den affære. Stol kun på det, gamle dreng.

Selvfølgelig havde Carlsen fået noget i hovedet og var i løftet stemning, og i sådanne øjeblikke lover man gerne mere end man kan holde, men på den anden side var Carlsen en mand, man kunne stole på, Lundegaard huskede ham fra den gang som pålidelig og ærekær. Det skulle nok gå. Om en måneds tid var dette helvede forbi, og et nyt afsnit af livet skulle begynde. Skål, Carlsen, gamle svinger, kan du huske, da jeg stak dig et blåt øje oppe på lageret nytårsdag, da vi var ved at gøre status.

Carlsen sidder og troner, han nyder at være Lundegaards velgører, som tak for de tæsk han fik dengang. Hans ansigt er det samme som dengang, rundkindet, med smilehuller og rare øjne. Lundegaard synes, at han ligner en glad gris, sådan en lille glad gris, som man ser på baconplakaterne.

Selvfølgelig skal Lundegaard hjem og hilse på Carlsen og hans kone en aften. Og han må endelig tage sin kone med. De kan opfriske gamle minder og få et slag kort, det skal blive en fornøjelig aften.

Da de endelig skilles er de højrøde i hovederne af øl og stemning. Hvor er et nyslået venskab mellem to mandfolk dog en herlig ting. Hvor er Carlsen dog et fortræffeligt menneske. Hvor er Lundegaard dog storartet. Han er bare alt for reel, den slags mennesker er tilværelsen altid hård ved.

IV

Men når livet begynder at synes tåleligt, når det begynder at lysne, og perspektivet får et rosa skær, melder der sig naturligvis altid ærgrelser, små og store ærgrelser, der kaster en skygge over idyllen. I sig selv er det måske ikke nogen stor ting, at Poul flytter hjemmefra, men det er alligevel nok til at forhindre en mand i at nynne, når man går op ad trappen til den lille lejlighed, der rent håndgribeligt havde holdt familien sammen. Nu har Poul jo arbejde og kan klare sig selv. Nu har han ikke længere brug for dem og hjemmet, og så går han. Hjemmet har været godt nok, så længe han havde fordel af det, men nu er det altså ikke godt nok længere. Nu, hvor han tjente noget og kunne hjælpe lidt til med huslejen, flytter han hen på et møbleret værelse.

Hvis han så endda havde givet en forklaring, de kunne acceptere. Det vrøvl om, at han ikke kunne holde ud altid at se deres bebrejdende ansigter, kunne man ikke tage for gode varer. Lundegaard havde da aldrig bebrejdet ham noget. Det var nok snarere som Anna sagde, at han havde lært en pige at kende, og at han ville have et sted, hvor han kunne være sig selv. Selvfølgelig var det heller ikke sjovt for ham at skulle ligge og sove i et køkken, når han gik på arbejde hver dag og tjente en ugeløn, men de havde da hjulpet ham, da han gik og var arbejdsløs. De var jo fattige og måtte holde sammen. Det kunne se godt ud, hvis Lundegaard pludselig en dag flyttede hen på et møbleret værelse og lod fem og syv være lige.

Nu flytter Anna måske også en skønne dag, når hendes gage bliver forhøjet, så hun ikke længere behøver sine forældres hjælp. Ens egne børn, som man har gjort alt for at værne og give en god opdragelse, gør til gengæld deres for at forbitre tilværelsen for en. Og det er for deres skyld, at man går og bryder sit hoved med bestandig at finde udveje, for deres skyld man gang på gang har sat alt på spil, for deres skyld, man har stormet byen rundt for at skaffe sig en stilling, udelukkende for at de allesammen skulle få det godt. Er det måske for sin egen skyld, Lundegaard har glædet sig sådan over, at han nu snart kommer ind som handelsrejsende for et stort firma? Er det ikke udelukkende for børnenes, hjemmets og konens skyld? Har han i det hele taget nogensinde tænkt på sig selv? Hvis han ikke havde haft dem at forsørge, kunne han have haft det som blommen i et æg. Og nu lønner de ham på den måde. Og når de endelig er hjemme, og han spørger dem om noget, gider de dårligt svare ham. Desuden er der ingen tvivl om, at Anna for længe siden har fået mere i gage uden at sige noget om det hjemme. Men hvis hun ikke mener, at hun skylder dem og hjemmet det hensyn, kan det også være det samme. Det er heller ikke så meget for de par kroners skyld, når alt kommer til alt gør de såmænd hverken fra eller til. Det er måden. Hendes egoisme. Det er den slags ting, der gør en led og ked af det hele. Selvfølgelig aner de ikke, hvad han har måttet gennemgå for deres skyld, de tænker jo i det hele taget kun på sig selv.

Men sådan er det jo for øvrigt hele vejen igennem. Folk tænker kun på sig selv. Måske lige med undtagelse af mennesker som bladmanden, der i denne tid aldrig taler om andet end Spanien og har et stort kort over krigsskuepladsen ved Madrid hængende i sin stue, med sorte knappenåle for Franco og røde for Caballero. Men det er at gå til den anden side igen, det er jo sådan set noget, der ikke kommer os ved. Men det må manden selvfølgelig selv om, hvis han bare vil lade være med hver morgen at præke for Lundegård. Lundegaard har sgu mere end nok i sit eget, til at han også skulle gå og bekymre sig for Spanien.

V

Når man mandag morgen kl. 5 raver ud af feltsengen i et koldt køkken, hvor vinduet altid står åbent af den simple grund, at det ikke kan lukkes til trods for talrige klager til viceværten, ifører sig de nødtørftigste klæder og søvndrukken tumler ned i den mørke, kolde gård, hvor ens cykel selvfølgelig er blevet klemt inde bag tyve andre, der først skal flyttes, og uvasket efter to-tre timers søvn, uden at have fået morgenkaffe, smårystende af kulde og livslede, fem minutter for sent på den, jager ud til Teglholmen, hvor man ifører sig en arbejdsjakke, der er stiv og beskidt, fuld af jernsplinter, der stikker og gnaver gennem den tynde undertrøje, der er det eneste, man kan have på under jakken, stikker fødderne i et par træsko, der er så stive af varmen i jernstøberiet, at de gnaver hul på vristen, et hul der aldrig når at læges, før det gnaves op igen, kunne man godt ønske, at man var arbejdsløs igen.

Men der er ikke andet at gøre end at holde ud. Og man kommer vel i træning efterhånden, vænner sig til det. Inde i støberiet udstråler formene en sådan hede, at sveden springer af en, luften er fuld af gas og bedøver en, så man knap kan holde sig vågen. Når folk ude omkring ser en stempelring, aner de ikke hvilket helvede, der knytter sig til dens tilblivelse, de har aldrig set en sandform, hvor gasflammerne står ud fra, medens det suser som fra kæmpemæssige gasapparater, har aldrig været ved at kvæles af osen. De læser nok i aviserne, at B. & W.s aktionærer er utilfredse med udbyttet, at der er krig på kniven om overskuddet, men de aner kun lidt om det antal legemsbeskadigelser, det koster at bringe fine, blanke stempelringe til verden. Selvfølgelig læser de af og til, at nu er igen en arbejder blevet dræbt, men der er jo altid interessantere ting i aviserne, og det er de interessante ting, man hæfter sig ved.

Poul ved allerede en hel del om stempelringe, om rationalisering og afskedigelser, om arbejdstempo og om ulykker. Han har også erfaret, at næste morgen står der en ny mand på den tilskadekomnes plads, men tænker ærlig talt ikke nærmere over det. Han ved bare, at han er fast besluttet på at få noget ud af tilværelsen, og at dette her bare er en overgang, en overgang, han må igennem. Rundt omkring ham kan de snakke så meget de vil, de kan snakke om politik, om solidaritet, om hensyn til familien, om sønlig ærbødighed, om kammeratskab, han har i sinde at lade dem snakke, han har i sinde at få noget ud af livet på trods af alt, på tværs af alt. Til syvende og sidst vil de jo også blæse ham et stykke, eller drage fordel af ham. Han har ikke i sinde at lade sig udnytte. Når alt kommer til alt, vil de kun tage ham ved næsen med alt deres præk. Selvfølgelig er han ikke dum, han kan godt se, at sammenhold er nødvendigt, at det er nødvendigt at være organiseret, for ikke at blive flået levende. Men dertil og ikke længere. Han har ikke i sinde at bringe ofre, har ikke i sinde at lade andre bestemme over sin tilværelse. Og han vil have noget ud af tilværelsen, mens han er ung, tjene penge, være uafhængig.

Derfor vil han heller ikke fortsætte med at tilbringe sin dag i et gasosende helvede og sin nat i en feltseng i et koldt køkken, fritiden kan han slet ikke tage i betragtning, i fritiden er han så træt og sløvet, at han hverken kan sanse eller samle. Han vil leje sig et værelse, et hyggeligt, møbleret værelse, hvor han kan indrette sig som han har lyst. Og han vil være om sig og stadig være på udkig efter et bedre job, et job, hvor han tjener mere, et job, hvor han ikke skal slæbe sig selv til døde. Så snart han har fået indrettet sig lidt bedre, vil han gå på skole om aftenen, han skal nok klare den, skal nok få tingene til at gå efter sit eget hoved. Han så godt det ansigt den gamle satte op, da han sagde, at han ville flytte, og han ved også godt, at den gamle ligger og kludrer med tingene og ikke kan få det til at gå rundt. Men det er fordi den gamle er forkert afmarcheret, og hvorfor skal han undgælde for det? Hvis det skulle komme til at knibe med huslejen, skal han såmænd ikke være bange for at spæde en tier til, han vil bare have lov at være sig selv, ikke bestandig betragtes som et barn, som den fortabte, men ganske vist hjemvendte søn, man må bære over med. Anna er sådan set den, der forstår ham bedst, hun har heller ikke i sinde at lade andre bestemme, hvad hun skal mene og hvad hun skal gøre. Ikke fordi de nogensinde taler sammen, men de kender alligevel hinanden ud og ind, og har stiltiende en fælles opfattelse af forældrene, af moderen, der er faldet fuldstændig sammen, der ustandselig sidder ved sin symaskine, og to gange om ugen går til Nazaræermøde, og af Lundegaard, der efter forretningen gik i stykker er fuldstændig uberegnelig, svinger fra den ene yderlighed til den anden og bestandig tror, at det hele står og falder med ham.

VI

Nu var lageristen ellers begyndt at blive sig selv igen så nogenlunde, men det er åbenbart hans lod bestandig at blive mindet om, at han er blevet vraget af en pige, han holdt af. Men på den anden side er det måske godt, at han fik Anna at se i den situation, det kan måske gøre det af med de sidste rester af hans følelser for hende.

Og havde det ikke netop været nu, havde det vel ikke gjort så ondt. Men netop den dag det skete, havde han gået og kælet for den tanke, at alt kunne blive godt mellem dem igen. Det kunne jo ikke undgås, at han mødte hende mindst en gang om ugen, når han bestandig rendte de steder, han vidste hun færdedes på, og det var det forbandede ved det, at hver anden gang gav hun ham håb og hver anden gang styrtede hun ham i fortvivlelse ved sin afvisende ligegyldighed. Men måske vidste hun heller ikke, hvad hun ville, måske længtes hun af og til efter ham og ville gøre det godt igen, måske ventede hun kun på, at han skulle sige det afgørende, måske var hendes kølighed kun beregnet på at ægge ham. For selvfølgelig brød hun sig om ham endnu, hvordan skulle man ellers forklare, at hun stod og rettede ved hans slips og formanede ham til ikke at være uordentlig, eller at hun spurgte hvordan det gik på aftenskolen, om han gjorde fremskridt og så videre. Men når han så var lige ved at spørge, om de skulle være gode venner igen, gik det som en kuldebølge igennem ham, at hun havde vraget ham, og noget i ham forlangte, at det skulle være hende, der tog det afgørende skridt til en forsoning.

Ind imellem tvang han sig selv til den opfattelse, at den bedste metode til at døve længslen efter hende, var at finde en erstatning, finde en anden pige. På den måde lærte han Sonja at kende, en syttenårig blomst, der syntes, at livet var dejligt og elskede romantik og spænding. Og pudsigt nok irriterede det ham, da han kunne mærke, at Sonja var ved at blive forelsket i ham til trods for, at han aldeles ikke var forelsket i hende, eller måske netop derfor. Han syntes jo bare, at hun var en sød pige, der var behagelig at omgås. Af og til smigrede hendes forelskelse ham. Selvfølgelig brød han sig om hende, men det var på en anden måde. Han tænkte jo altid på Anna og kunne ikke lade være at anstille sammenligninger. I de ømmeste øjeblikke, når hun gav sig hen til ham, forsøgte han at bilde sig ind, at det ikke var hende, men Anna. Og spottede samtidig sig selv: Det kunne man da kalde kærlighed. Bagefter følte han sig flov og betragtede sin følelse for Anna som noget sygeligt, han for enhver pris måtte bekæmpe. En indbildt følelse. I virkeligheden var Anna jo slet ikke smuk, man kunne næsten sige tværtimod. Sonja derimod var smuk. Afgjort smuk. Hendes lille missekattehoved med de kønne øjne fik mændene til at vende sig efter hende. Og selvfølgelig smigrede det ham at være den foretrukne. Men det er irriterende at blive elsket af en, man ikke bryder sig særlig om, og elske en anden, der ikke bryder sig om en.

Men alt i alt havde han alligevel så nogenlunde genvundet sin ligevægt, havde slået sig til tåls med den tanke, at Anna var en lunefuld, uberegnelig skabning, og at forholdet mellem dem alligevel ville være gået i stykker før eller senere. Godt at det skete så hurtigt. Nu ville han se at få arrangeret det således, at de så hinanden af og til, de kunne måske gå ud en aften sammen en gang imellem, og efterhånden som hun kom mere og mere på afstand, ville han kunne konstatere, at hun ikke var det ideal, hans fantasi havde opstillet, og han ville blive helbredt for sin ubesvarede følelse. Det værste ville være, hvis han blev fuldstændig afskåret fra at se hende, så ville hans fantasi igen begynde at idealisere hende, uden at han fik lejlighed til at anstille sammenligninger mellem den idealiserede Anna og den virkelige Anna. Som det var nu, gik det egentlig ganske storartet, for hver gang han så hende, blev han mere og mere klar over, at han i sin forelskelse havde gjort hende til en engel, og at hun i virkeligheden var en ganske almindelig pige, ligesom alle de andre.

Selvfølgelig havde han tilbagefald, anfald af heftig længsel, der pludselig og umotiveret kunne komme over ham. Og hvis det ikke var fordi det netop var under sådant et anfald, at han havde set hende bag på en anden mands motorcykel, havde han vel ikke taget sig det så nær. Nu virkede det nærmest som et chok, han fik gåsehud over hele kroppen af ubehag, og en underlig fornemmelse oppe i hårrødderne. Han havde faktisk gået og tænkt på hende, da det skete, og tænkt at hvis han mødte hende nu, ville han uden skrupler gøre alt for at gøre det godt igen, han ville have sagt til hende som det var, at han ikke kunne undvære hende, at han var på vej til at blive skør af længsel efter hende. Uanset om det havde været klog taktik eller ej, ville han have lagt kortene på bordet, sagt, at han elskede hende, at han ville gifte sig med hende, at nu tålte han ikke mere den legen skjul, at nu var det ham, der bestemte.

For øvrigt havde han jo slet ikke set hende, det var hende der havde råbte ham an. Det var en aften ved elleve-tiden, han drev ned ad Strøget og pludselig hørte hende råbe hans navn. Og da han vendte sig om, var det han så hende sidde der på motorcyklens bagsæde, smilende og velfornøjet. Det var ved Købmagergadekrydset, og cyklen holdt stille for at vente på grønt lys. I samme sekund han så hende, snurrede han rundt på hælen og gik videre uden at vende sig om.

I de følgende minutter måtte han igennem alle kvalerne en gang til. Hele det møjsommelige arbejde på at glemme hende havde været omsonst, men nu føjede en ny følelse sig til de øvrige, had. Hvorfor havde hun råbt ham an. For at pine ham? Og alligevel længtes han mere efter hende nu end nogensinde, til trods for at han vidste, at han nu havde mistet hende for alvor. At det nu aldrig mere kunne blive godt imellem dem. Nu havde hun altså en anden kæreste. Det var færdigt. Uhjælpeligt færdigt.

Han drev videre gennem menneskemylderet, ophidset, hadefuld og fortvivlet. På Kongens Nytorv satte han sig på en bænk. I fantasien så han Anna og motorcyklisten i situationer, der æggede hans had. Lyden fra d'Angleter-res orkester trængte ud på pladsen, træerne over hans hoved var vinternøgne, de storte ribbede kviste tegnede sig skarpt mod himlen, der var rødlig af byens mange lys.

ELLEVTE KAPITEL

I

Nu begynder livet at få en smule klang og farve. Mærkeligt nok, at det netop sker samtidig med, at naturen rundt om ham dør. Der er øjeblikke, hvor Lundegaard ligefrem føler sig ung og spændstig, hvor han forsætlig gør sin gang mere djærv og sin tale mere livlig, for overfor sig selv at understrege sin livsglæde. I sådanne øjeblikke ser man en hel masse ting, som man ellers aldrig lægger mærke til. Eller rettere sagt, man ser dem på en anden måde, nærmest som om det var første gang, man så dem, og de fylder en med glad forundring. Det kan være ganske almindelige ting, og alligevel er det, som om man nu først for alvor opdager, at de eksisterer. Det kan være et par snavsede unger, der leger, eller det kan være en bryggerhest, der står i fortovskanten og drejer ørerne efter lyden af kusken, der er ved at gå ind i en forretning med en kasse øl på skulderen. Sikken et orgie af farver og interessante ting, Lundegaard er omgivet af, når han ser rigtigt efter. Og han føler sig aldeles ikke generet ved at give efter for sin glæde, og bliver roligt stående op ad husfacaden og betragter dyrets blankbrune krop, der damper i den tynde efterårsluft, mens travle mennesker haster af sted i begge retninger mellem ham og hesten.

Han retter ryggen og siger til sig selv, at han jo er en mand i sin bedste alder, at det først for alvor er nu, livet skal til at begynde, nu han har fået forstand og evne til at leve det. Det er i denne tid, han gør den opdagelse, at byen, at tilværelsen ser helt anderledes ud, når man ser opad, op over tagene og tårnenes spir, der fortoner sig i en blå dis og ser dueflokkene klapre af sted, og højere oppe en måge der sejler på stive vinger, end hvis man lader blikket løbe langs med fliserne foran sig, som han ellers har for vane. Han er mere omhyggelig med sit udseende end han plejer at være, og tager sit arbejde mindre højtideligt, kan godt finde på at gå og slentre hen ad en gade, fange et glimt fra et par smukke kvindeøjne eller i forbifarten lade sine øjne følge en ung kones smukke former. Og en forventningsfuld følelse af, hvad en handelsrejsendes liv kan føre med sig, får ham til at drømme om den kommende tid, der skal yde ham fuld erstatning for alt det bitre og sure, han har måttet igennem i de forløbne måneder.

II

Sådan set kan det altså være lige meget, om det er maj eller november. Det, det kommer an på, er en selv, de øjne man ser på tilværelsen med. For i virkeligheden er november sgu så temmelig trist. Alting visner og falmer og dør i denne tid, inden man har set sig om er det vinter, og alle tilværelsens skabninger kæmper for føden mere hadefuldt, mere bittert end i sommer, hvor der var fuldt op af føde. Går man ud i Frederiksberg Have, hvor pæne gamle damer fodrer ænder og måger med franskbrød, kan man se, at fuglene kender årstiden, at de ved, at det gælder om at rage til sig mens tid er. End ikke den mindste krumme under de hinanden. Og altid er det de stærkeste og frækkeste, der går af med sejren. Nu havde den lille, pæne and med det blå nakkespejl endelig fået fat i et stykke franskbrød, der til dens ulykke var så stort, at det ikke kunne sluges i én mundfuld, og så må den kæmpe som rasende for sin ejendomsret, må finde sig i at blive nappet af sine egne søstre og brødre, vralte hen over grønsværen forfulgt af sine egne forældre, flyve henover vandet forfulgt af skrigende måger, der selvfølgelig til sidst skræmmer den til at slippe sit lille stykke franskbrød. Frygten for sulten er så stor, at de ikke under hinanden en krumme. De kunne jo ellers bare holde sig til hos de pæne damer, der har posen fuld og bliver ved at uddele. Men de frække og de stærke har altid foretrukket at stjæle fra andre.

Selvfølgelig kan november være en rar måned for dem, der er på den rigtige side af plankeværket. Der er jo farver nok, chrysantemer og broget løv, Hubertusjagt i Dyrehaven i røde frakker, violet aftenskumring, dis, grå himmel, sløret luft og så videre. Desuden kan de gå i svømmehallen og overbevise sig om, at pigerne er brune endnu, så det altså ikke kan være så længe siden, at det var sommer. For dem er vinteren bare et lille pusterum i den permanente danske sommer, et lille forfriskende pusterum med pelsværk, snedækket skov, skøjteløb på Fuglsangsøen og måske et lille svip til Norges sol og kulde. Og så selvfølgelig hyggelige bridgeaftener, gode bøger, koncerter og teaterpremierer.

Men for almindelige mennesker er november sgu trist. Uhjælpelig trist. Nu kan man ikke længere opsætte at købe koks, det gør et slemt indhug i budgettet, der er knebent nok i forvejen. Stormen jager over landet, suger fem Esbjergkuttere ned i dybet og gennemisner tyndtpåklædte bymennesker. Selvfølgelig har de fleste af dem en vinterfrakke, om ikke i skabet, så på lånekontoret, men de kvier sig længst muligt ved at begynde at gå med den, falmet og lurvet, som den er. Nu kommer karlene fra landet til byen for at søge arbejde, man kan se dem på folkekøkkenerne og ved Hovedbanegården med deres gule gummistøvler, store, røde næver og forslævede udseende, det er ikke en årstid, der opfordrer dem til at fortsætte deres håndtering, nu ligger markerne øde og opblødte af regn og gul, tung tåge, der hænger i plovfurerne. Nu er man ved at pløje derude. Og ved at sprede møg.

Det kgl. Biblioteks Have ligger så stille hen, det er som at komme ind i en klosterhave. Der går et par gartnere og er ved at tage stauder op. Det er november, årets tristeste måned. På Eremitagesletten brøler dyrene og ramler gevirerne mod hinanden i hidsige kampe, Bennett averterer med jule- og nytårsrejser, væddeløbssæsonen slutter i øsende regnvejr, Titan springer 4½ pct. i vejret, det småregner, bogsæsonen begynder, det bliver tidligt mørkt, og juletræet, der i næste måned skal pynte Rådhuspladsen, er allerede mærket til fældning.

III

Og sådan som november virkelig er, passer den glimrende til lageristens stemning. Han havde troet, at synet af Anna på motorcyklens bagsæde skulle brænde såret rent, så det hurtigt ville læges, men i stedet har det revet op i såret, inficeret det. Synet forfølger ham, hvor han går og står, piner glæden ud af hans liv og fremmaner fantasibilleder, der ægger hans had til motorcyklisten og Anna.

Han spotter sig selv for sin længsel efter en pige, der er forlovet med en anden, håner sig selv med, at han måske kan få den tjans at blive første reserveelsker. Gang på gang siger han til sig selv, at han i virkeligheden ikke elsker hende og aldrig har elsket hende, at hvis ikke hun havde gjort det forbi, havde han gjort det, det er krænkelsen over at blive forsmået, der har gjort det af med ham, det, at hun har vraget ham. Han har jo haft andre forhold, og de er alle ophørt uden at gøre ham ulykkelig. Og sådan ville det også være gået denne gang, hvis hun ikke pludselig havde slynget ham i ansigtet, at han ikke var god nok til hende. Det var jo latterligt, hvad bildte hun sig i det hele taget ind. Andre piger syntes godt om ham, og var næsten ikke til at komme af med igen, men hun havde vraget ham. Hvad storartet var der ved hende, siden han ikke skulle være god nok til hende. Nogen skønhed var hun ikke, de fleste ville vel endda finde hende kedelig. Desuden passede de ikke sammen i erotisk henseende.

I virkeligheden måtte han være henrykt over, at dette forkvaklede, dumme forhold nu endelig var bragt til ophør, henrykt over, at han ikke havde giftet sig med hende, det ville jo være blevet et helvede for hele livet. Lad bare motorcyklisten beholde hende, det er ham vel undt. Inden der er gået nogle måneder, har hun vel kastet sin kærlighed på en anden, hvis der da overhovedet var nogen, der gad eje hende. Og disse udstående øjne, hun havde, gud ved om hun ikke havde tendens til den basedowske syge eller sådan noget. Under alle omstændigheder var hun lunefuld og uberegnelig, og livet ville være blevet et helvede, hvis han var løbet med limstangen og havde giftet sig med hende. Gudskelov, at det gik som det gik. Når alt kom til alt var alle disse scener måske kun noget hun havde arrangeret for at vække hans skinsyge og binde ham fastere til sig. Hvorfor havde hun ellers råbt ham an fra motorcyklen, han havde jo ikke set hende, før hun havde råbt hans navn. Hun vidste jo, at han gerne gik sig en tur ned ad Strøget på den tid af aftenen, og så havde hun fået en bekendt til at køre sig den tur. Det var måske hendes bror, når det kom til stykket. Og hvis det virkelig var en ny kæreste, hun havde fået sig, var han jo nærmest til grin, når hun sad på bagsædet og råbte andre mandfolk an. Og når hun havde mødt ham og havde stået og fingereret ved hans slips og så videre. Han skulle i det mindste ikke bryde sig om at være forlovet på den måde. Men en skønne dag blev motorcyklisten vel klar over, hvad hun i virkeligheden var for en skabning, og så ville han give hende et spark, hvis han var et mandfolk. Så ville hun måske komme anstigende og forsøge at gøre det godt igen, og så skulle han vise hende, at hun havde taget fejl af husnummeret.

Ja, således lå landet, når det kom til stykket. Godt, at

han endelig havde fået øjnene op for det. Endelig en opfattelse af sagerne, der kunne berolige ham og skaffe ham hans ligevægt tilbage, en opfattelse han krampagtigt klyngede sig til. Selvfølgelig vidste han udmærket, at det var løgn, vidste, at han elskede pigen og aldrig nogensinde ville komme til at elske en anden, som han havde elsket hende, vidste, at alle disse refleksioner kun var opfindelser, der var beregnet på at trøste ham, forsøg på at føre sig selv bag lyset. Hvad skulle kærlighed ellers være, hvis det ikke var denne bestandige, nagende længsel?

IV

Lundegaard har efterhånden vænnet sig til sin gade, er begyndt at føle sig hjemme der. Hver aften går han hjemmefra under et eller andet påskud og sætter sig ind på beværtningen henne på hjørnet. I sin nuværende stemning kan han simpelthen ikke holde ud at sidde hjemme og høre på symaskinens evindelige snurren. Hvorfor skulle han desuden ikke kunne tillade sig at gå hen og drikke en bajer. Det gjorde andre mandfolk. Og de nøjedes ikke med det, de spillede billard og gav ud på pigebørnene, så de ikke havde en skilling tilbage, når de kom hjem. Sådan var han jo ikke, han tog sig sine pligter alvorligt. Men man behøvede jo ikke derfor at gå og være et hængehoved. I caféen sker der noget. I caféen er der lys og munterhed. Så meget lys og munterhed, at det trænger ud på gaden og lokker ægteskabstrætte mandfolk til. Af og til trænger lyde af kvindelatter og klaverklimpren ud gennem døren og kastes tilbage af murene på den anden side af den triste gade. Længere henne, udfor marskandiseren, står to betjente og snakker om seksdagesløb. Desuden snakker de om, at det var rart, hvis klokken snart kunne blive 2, så de kunne komme ind på beværtningen og få den genstand, der er de københavnske beværteres daglige tribut til ordenens håndhævere. Det er rart at stå sig godt med politiet. Og det er rart at kunne komme ind i varmen og få en sjus eller en toddy, når man har gået i nogle timer og patruljeret i kulden.

Og Lundegaard kan lide atmosfæren i caféen, kan lide lugten af øl og tobaksrøg og lyden af billardballerne, der carambolerer. Det er så hyggeligt at sidde der i et hjørne og patte på sin cigar, af og til at tage en slurk øl, så hyggeligt at sidde og betragte folk, kvinderne, der ikke er bange for at være lidt frivole, og fulde mandfolk, der kan finde på at synge sentimentale sange eller danse rundt på gulvet på gammeldags maner. Desuden er det så heldigt, at pigen i jaguarpelsen, hans veninde, nu omsider har fået forretning. Ganske vist ikke sådan en forretning, som hun i sin tid gik og fablede om og sparede sammen til, men en forretning, der er mere ligetil og mere indbringende. En manicuresalon, med telefon, portvin og dæmpet belysning. Og hvis Lundegaard har lyst til manicure, kan han ringe her fra beværtningen og aftale klokkeslæt, sidde og nyde sin bajer i fred og ro og allerede på forhånd nyde sit besøg i manicuresalonen. Selvfølgelig har nyordningen også sine ulemper, pigen har mere travlt nu end før i tiden, og det er ikke fri for at Lundegaard har følt sig lidt stødt, når hun har betydet ham, at han måtte købe en flaske portvin, hvis han ville blive siddende og sludre. Der har jo efterhånden udviklet sig en art venskab mellem dem, og Lundegaard holder af hendes selskab, holder af at sidde og udvikle sine bekymringer for hende. Og hun på sin side er sikkert også mere overbærende med ham end med sine øvrige kunder, og lader ham blive længere end hans beskedne present egentlig berettiger ham til.

For tiden er det jo ikke bekymringerne, der tynger ham, men hans opstemte forventninger om fremtiden, han gerne vil dele med nogen. Og selv om han nu kommer til at ligge og rejse landet rundt, får han jo nok tid til at besøge pigen i jaguarpelsen. Hans forhold til hende er ikke ude-lukkende erotisk motiveret, hans besøg hos hende er som stationer på hans rejse, hvor han gør op, hvor langt han er kommet og hvor langt der er igen, han ser sin tilværelse klarere ved at høre sig selv tale om den og trække perspek-tivet op. Og hvem skulle han ellers fortælle om alt det, der ligger ham på hjerte, uden at de åbenlyst viser, at de ikke gider høre på det eller ligefrem vrisser af ham. Hans kone i hvert fald ville lade ham snakke uden at høre efter og de-monstrativt sætte sig til at sy videre. For at vise ham, at det ikke var snak, men arbejde det kom an på. Hun levede jo i rollen som den retfærdige og forurettede, det var den plat-form hun levede på, og det havde ikke gjort det bedre, at hun var blevet Nazaræer. Tværtimod. Pigen i jaguarpelsen viste ved kloge spørgsmål, at hun forstod hvordan det var fat med ham. Hun var ved at blive aksen i hans tilværelse.

For øvrigt bruger Lundegaard temmelig mange penge i denne tid, og tjener færre end han plejer. Han bruger rask væk løs af de inkasserede penge, nu kan det jo være lige meget, nu er det jo kun et spørgsmål om tid, dette afsnit af hans liv er jo gudskelov snart til ende. Han griber sig i at tælle dagene, som et barn tæller dagene til sommerferien eller en tugthusfange dagene til sin løsladelse. Et par dage ind i december kan han ringe, har Carlsen sagt, så er che-fen kommet hjem og Carlsen har fået snakket med ham om Lundegaard. Det gælder altså blot om at få has på den tid, der er tilbage, og selvfølgelig mister man under disse omstændigheder lysten til at rende op og ned ad trapper-ne i Sundby og præsentere forfaldne regninger for ærgerli-ge mennesker, der kun spekulerer over, hvilket påskud de helst skal anvende for at slippe udenom at betale. Det er desuden en behagelig tanke, at man kan tillade sig at være en smule letsindig, uden at det hele straks ramler sammen af den grund. Derfor tog han heller ikke i betragtning at låne 50 kr. af Carlsen en dag, han havde brugt for mange penge og var løbet tør. Fra en beværtning ringede han ind til Carlsens firma, og der havde ikke været det fjerneste i vejen. En øjeblikkelig forlegenhed og så videre. Og Carlsen lod til at være glad for at gøre ham en tjeneste. Carlsen var en brav fyr, der skulle være nogle flere af hans slags, så var livet mindre indviklet.

I det hele taget gjorde tanken om den fremtidige stilling ham dristigere i hans transaktioner. Ganske som om det var den naturligste ting af verden, gik han op til hr. Salomonsen og forklarede ham, at han i denne måned intet afdrag kunne betale, at han tværtimod ønskede at optage et nyt lån. Selvfølgelig ikke noget større lån, men en beskeden sum, der var nødvendig for ham for at kunne tiltræde en stilling som handelsrejsende. Han nævnede endda firmaets navn, og hr. Salomonsen havde uden videre vrøvl givet ham det ønskede beløb. På den måde havde den nye stilling allerede gjort hans tilværelse behageligere, endnu inden han havde fået den. Den gav ham allerede nu bedre kort på hånden og en anden indstilling til tilværelsen. Sådan set følte han sig også allerede som handelsrejsende. Der havde stået en artikel i avisen, der angik handelsrejsende, og Lundegaard havde læst den med en handelsrejsendes øjne og tanker. Artiklen, der var et angreb på de rejsende, gjorde ham indigneret på hans fremtidige stands vegne. Vi handelsrejsende bør protestere mod den slags artikler, tænkte han.

V

Hjemmet, baggårdslejligheden, er ikke længere noget hjem, men blot et logi, et sted man bor. Poul kommer højst på besøg et par gange om ugen, fru Lundegaard er magrere og tavsere end nogensinde, og Anna er kun hjemme, når hun sover. Man ser hende faktisk kun ved middagsmaden. Så snart hun har spist, er hun ude af døren igen.

Hun kommer hjem, når de andre er gået i seng, og står op før dem, laver selv sin te i køkkenet og spiser det stykke franskbrød til, moderen har smurt aftenen i forvejen. De hører hende råbe farvel ude i entréen og hører døren smække efter hende. Hun er begyndt at holde af sin arbejdsplads, arbejder ivrigt på at komme fremad, og ender vel som direktrice eller sådan noget. Så behøver hun i det mindste heller ikke at være afhængig af mandfolkene. Selv om hun skulle finde på at gifte sig, vil hun alligevel beholde sit arbejde og sin uafhængighed. Hun ved ikke noget værre end små pylrehoveder, der lader mændene dominere, hun vil nok selv have lov til at være medbestemmende. Mænd viser sig i øvrigt altid at være en skuffelse, når man kommer dem på nærmere hold. Enten ligger de på knæ eller også er de overlegne og spiller den stærke, der nok skal ordne alting. Derfor er hun efterhånden også grundigt ked af motorcyklisten og længes af og til efter modgift, længes efter lageristen. Måske er alle mænd sådan, og hvis det er tilfældet, er lageristen måske alligevel den, hun bedst ville kunne forliges med. Og når hun møder ham er hun somme tider lige ved at ønske, at han ville foreslå hende at gå ud med ham en aften. Men i stedet for at sige noget i den retning, står han bare og ser tryglende på hende. Og som kvinde kan hun jo umuligt stille forslaget, og da slet ikke efter hvad der er passeret mellem dem. Det ville jo allerede fra start ødelægge det eventuelt fornyede forhold.

Når hun tænkte rigtigt efter, var det måske også mere motorcyklen, læderjakken og alt det der, hun havde forelsket sig i, end manden selv. Og da den første beruselse af farten og motoren havde lagt sig, føltes det nærmest ubehageligt at sidde overskrævs på bagsædet og krampagtigt holde sig fast i vejsvingene. Det fornøjelige var såmænd hurtigt overset. Desuden kørte han hensynsløst for at dupere hende, så hun sad der spærret inde i briller og hjelm uden at kunne se andet end hans ryg og høre andet end motorstøjen, uden at tænke på andet end at holde sig fast og fryse med anstand.

Nu var det jo blevet vinter, og bag på en motorcykel føles kulden ti gange værre end hvis man spadserer.

Men det lod altså ikke til, at lageristen var så meget mandfolk, at han ville komme og sige, at han ikke kunne undvære hende, at han var ked af den legen kispus, og at han ville forlove sig med hende, med ringe og det hele, gifte sig med hende og ikke mere give slip på hende. Hvis han ville komme på den måde, ville hun tilgive ham alle hans dumheder og fejl, og de ville kunne få det storartet sammen.

Men hvis han ikke kom og gjorde det godt igen, og det gjorde han antagelig ikke, havde hun ikke i sinde at blive rørstrømsk af den grund. Det var den eneste måde, forholdet kunne blive fornyet på, og blev det ikke til virkelighed, var der ikke noget at gøre ved det. Desuden var der måske noget om, at et forhold, der én gang er gået i stykker, aldrig kan blive helt godt igen.

VI

På månedens næstsidste dag viste København sig fra sin mest uelskværdige side, og fik folk til at drømme om Schweiz og Rivieraen. Det både regnede og sneede og den fugtige, klamme kulde trængte ind i husene og gjorde folk gnavne og tvære. Hvis det så endda havde været rigtig sne, frostsne, men det var sjap og rå luft. Rigtigt influenzavejr. Det var mørkt allerede midt på eftermiddagen, og Lundegård var lige ved at miste sit gode humør over at skulle ud til Sundby på sådan en dag. Men nu gjorde firmaet op hver måned, og han måtte se at presse det mest mulige ud af debitorerne for at kunne klare opgørelsen. Cykle kunne der ikke være tale om i det vejr, og da han kom til Rådhuspladsen og skulle skifte til linje 2, var den selvfølgelig proppet af våde, sure og ondskabsfulde mennesker. Han blev presset op i et hjørne af perronen og stod der og halvfrøs i sin tynde gabardinefrakke. Inden han var nået til Knippelsbro, var han blevet enig med sig selv om, at pokker skulle rende rundt på mørke, kolde trappegange og skændes med gnavne mennesker på sådan en dag. Der måtte findes en anden udvej. På Christianshavns Torv stod han af og gik ind på en automat for at drikke en kop kaffe og få lidt varme i kroppen. Blot et halvthundrede kroner ville kunne hjælpe ham over den første, og under disse omstændigheder ville hans bror sikkert ikke være så bange for at låne ham dem. Desuden passede det storartet, at broderen havde fri om eftermiddagen i denne tid, omstigningsbilletten havde han i lommen og kunne hurtigt og uden udgifter komme over til Islands Brygge. Hvis broderen så ikke var hjemme, var der jo ikke noget at gøre ved det, så måtte han alligevel tage ud til Sundby og mase på. Egentlig havde han besluttet aldrig mere at rette henvendelser til broderen om lån, men nu, hvor han om et par dage kunne tiltræde en ordentlig stilling, var det noget andet.

Så sad han igen i sporvognen, stod af ved Langebro og gik ned ad Njalsgade. Det var broderen selv, der lukkede op. Han blev ikke særlig hjertelig ved synet af Lundegaard, men lod dog i alt fald som om han blev glad ved besøget. Et af børnene blev sendt efter brød, og konen gik ud for at lave kaffe. Imens havde Lundegaard sin bror for sig selv og havde en glimrende lejlighed til at fremkomme med sit ærinde, men selvfølgelig kunne han ikke få det sagt. Ydmygelsen over at skulle bede om et lån forekom ham større nu han sad her i den hyggelige stue, og når han nu kom ovenpå ville han ærgre sig over, at han endnu engang havde gjort sig lille. Måske klarede han alligevel den første, han havde jo klaret den hidtil. Desuden er det modbydeligt at skulle sige sådan noget, når man lige er kommet ind ad døren. Det skal helst komme ganske naturligt i samtalens løb, sådan rent en passant, som om det ikke var en sag af større betydning.

Så var kaffen færdig og de satte sig til bordet. Konen undrede sig over, hvad der egentlig havde fået Lundegaard til at opsøge dem sådan midt på eftermiddagen, de så ham jo ellers aldrig. Broderen tænkte det samme. Lundegård følte sig utilpas og sagde noget om, at han lige var kommet forbi og havde fået lyst til at høre, hvordan de havde det. Broderen forsikrede lidt ironisk, at de skam havde det storartet.

Da de var færdig med kaffen, sad Lundegaard og tænkte på, at han vel hellere måtte gå igen, tage over til Sundby og se at få begyndt, men tanken om trappegangene fyldte ham i den grad med væmmelse, at den fejede alle skrupler til side, og uden hensyn til at konen var kommen tilstede, gav han sig til at fortælle om den ny stilling, han skulle tiltræde om et par dage, og de udgifter, han i den anledning blev bebyrdet med. Hvis han kunne låne et halvthundrede kroner, skulle han betale dem tilbage om en måneds tid.

Et af børnene ville absolut op og sidde på hans knæ og kalde ham Onkel August, og det kom ham egentlig udmærket til pas. Han havde allerede set på broderens ansigt, at han ikke skulle være kommet frem med sit ærinde. Og set på konens ansigt, at han da slet ikke skulle være kommet frem med det, mens hun hørte på det. Og selvfølgelig havde Lundegaard set rigtigt, broderen sagde nogle almindeligheder om sidst på måneden, husleje og alt det der, at ellers havde der ikke været noget i vejen for det og så videre, og Lundegaard skyndte sig at forsikre, at det ikke betød noget, han klarede den nok alligevel.

Men det var alligevel et stift stykke, at ens egen bror ikke kunne gøre en den smule tjeneste under disse omstændigheder. Lundegaard sagde farvel og gav sig til at traske ud efter Sundby, gaderne lå triste og sjappede i halvmørket og bilerne sprøjtede sølet ind over fodgængerne. Nå, nu var han gudskelov snart færdig med trøstesløshed og ydmygelser, om to dage kunne han ringe til Carlsen, måske kunne han tiltræde med det samme. I hvert fald ville livet inden lang tid blive anderledes. Blive bedre.

TOLVTE KAPITEL

I

Så oprinder december, og Lundegaard føres af blinde kræfter mod sin skæbnes vejkryds, som et får der trækkes til slagtebænken. Det er solhvervets måned, inden måneden er forbi, vender bøtten og byens ottehundredetusinde mennesker kan vende front mod foråret, front mod et nyt år. Inden måneden er forbi, er dagen forlænget med et par minutter, man får mod og optimisme til at tage fat på en frisk og kan vende ryggen til det tilendebragte års skuffelser.

Det er som om måneden ikke rigtig vil komme i gang, det rigtige decemberagtige nøler med at indfinde sig. Ganske vist optræder aftenen på den traditionelle vis med sortblå himmel og kold, hvid måne med frostkrans, men når man næste eftermiddag kigger opad er skyerne forsynet med rosa kant og atmosfæren så farvemættet, at det fuldstændig kuldkaster det tillærte billede af december, julens, sneens og nissernes måned. Selvfølgelig er der julesymptomer nok, men de er ligesom for tidligt på den, ligesom arrangeret for med djævelens vold og magt at skabe julestemning, så der kan blive solgt noget i forretningerne. Der er i disse dage ikke den del eller ting, ikke den vare, uden at julens autoriserende stempel bliver den påtrykt. Det kan være den nye parfume, der til brug for sæsonen er komponeret af fyrst Youssoupoff i London, eller den henrivende fløjlsdrøm af en kjole med lynlås, madame Landkowska har kreeret. Altsammen er det jul, kager, marcipan

179

og grankviste, postkort, sokkeholdere, teaterforestillinger og kirkeindsamlinger. Der er hængt juleneg i boulevardernes træer til fuglene, der ikke må sulte i december, og lirekasserne spiller julesalmer. På hjørnet står der en mand og sælger lysestager af gran.

II

Først den 3. december vil Lundegaard ringe til Carlsen. Måske han endda vil trække det ud til den 4. eller 5. For det første skal man ikke være for anmassende, og for det andet kan han måske slå noget i stykker ved at provokere en forhastet afgørelse. Og når han har kunnet vente så længe, spiller det vel ingen rolle, om han skal vente to eller tre dage mere.

I disse dage er han spændt som en buestreng, spændt indtil bristepunktet. Hans ansigt med lorgnetøjnene fortæller intet derom, men desto rastløsere er hans fingre, der nervøst trommer i caféens bordplade eller sønderplukker en tændstikæske i gabardinefrakkens lomme stykke for stykke. For at berolige sig puster han cigarrøgen ud i en tynd, fin stribe, eller han nynner en melodistump i monotont tempo, den samme melodistump atter og atter, indtil en anden melodistump ved et tilfælde indtager den forriges plads. Han har ikke ro på sig og driver op og ned ad gaderne for at få afløb for sin utålmodighed, studser ved at høre sig selv snakke højt midt på gaden. Men sådan som Carlsen har udtrykt sig, kan der ikke være nogen grund til at være nervøs, og Carlsen er et menneske, man kan stole på. Hvad mærkeligt skulle der i det hele taget være ved at opnå sådan en stilling gennem protektion, det er jo noget der sker hver eneste dag i denne by. Det er kun fordi han efterhånden har vænnet sig til nederlaget, at han er nervøs for, hvordan det skal gå. Der er ingen som helst grund til at være nervøs, hans optimisme garanterer ham, at sagen såmænd allerede er afgjort, at Carlsen bare går og venter, at han skal ringe, for at kunne sige ham, at den er i orden, at han kan begynde med det samme. Måske skulle han standse ved den første kiosk og ringe for at få det overstået, lige henne på torvet er der en kiosk. Det er bare at tage en tiøre frem og forlange firmaets nummer, om fem minutter kan han vide besked, hvis han vil. Eller rettere sagt få bekræftet, at han nu har en stilling, der med et slag løfter ham op over alle bekymringerne. Men han vil ikke være forhippet. Han vil tage den med ro og vente en dag eller to. Hellere gå og nyde spekulationerne over de problemer, der knytter sig til hans tiltræden af den nye stilling. Han må jo have et nyt sæt tøj, et sæt pænt blåt cheviot, dobbeltradet, med to sæt benklæder. Kuffert må han vel også have, en stor, rummelig håndkuffert til linned, nattøj, soigneringsartikler og så videre. Måske skal han først begynde den 15., måske først til januar. Men når han først har stillingen, klarer han sig vel gennem den tid også og klarer de nødvendige nyanskaffelser. Han nyder på forhånd sit besøg som handelsrejsende for et anerkendt firma i sin lille fødeby, nyder sit eventuelle besøg i den forretning, hvor han har stået i lære. Gud ved, om gamle Jacobsen driver forretningen endnu. Eller om han er død og sønnen har overtaget den. Der er såmænd nok ikke sket så store ændringer, der er noget konservativt ved manufaktur, han vil vædde på, at forretningerne i det store og hele ser ud som dengang. Manufakturforretninger i provinsen har en atmosfære, der skal menneskealdre til at ændre. Selvfølgelig har de vel fået moderne facader med store spejlglasruder, moderne inventar med stål og nikkel. Og de har fået færdigsyede, tjekkoslovakiske dusinvarer, ratebetalingssystem med kontrakt, og er vel nu nødt til at følge mere med moderne end i gamle dage. Men atmosfæren er den samme. Og Lundegaard, der har glemt, at han i sin tid hadede den atmosfære, elsker den nu, elsker lugten af stofferne, elsker lyden af saksen, der ritsjende farer gennem et stykke sommerkjoletøj, synet af den blankslidte disk og reolen med det farvestrålende uldgarn.

III

Men allerede den 2. december ligger der et brev til ham fra Carlsen, da han kommer hjem om aftenen. Der står kort og godt, at han bedes ringe næste dag, venlig hilsen, Carlsen.

Selvfølgelig er han bange for at komme til at sove skidt den nat, og da han gerne skulle være frisk og udhvilet, hvis Carlsen beder ham om at komme op i firmaet, må han gøre noget for at komme til at sove. Han prøver at gå en lang tur, men ensomhedsfølelsen driver ham ind på en beværtning. Og da han har fået noget at drikke, og livsfornemmelsen bliver stærkere, ringer han til manicuresalonen. Men pigen i jaguarpelsen er ikke hjemme, i hvert fald er der ingen, der svarer. Og da tanken om hans besøg hos hende allerede ved telefonopringningen har antaget så faste former, kan han ikke få sig selv til at gå hjem, men indleder et tilfældigt bekendtskab på gaden. Først hen ad morgen lister han op ad baggårdstrappen, ryster af kulde, mens han klæder sig af og bliver ved at mumle: I morgen, i morgen.

Klokken elleve næste dag går han ned til grønthandleren for at ringe til Carlsen. Det varer længe før Carlsen kommer til telefonen, og Lundegaard griber sig selv i at stå der med røret presset mod øret og tænke på alt muligt andet end det, at han nu endelig får at vide, om han er købt eller solgt. Han står der og ser på kasserne, der er fulde af duftende, røde æbler, på tønderne med kartofler og på grønkålsstokkene i vinduet, ser på grønthandlerkonen, der nu har fået håret farvet platinblondt, ser på hendes røde hænder, på hendes vielsesring og tænker på de sladderhistorier, der går om hende. Hun er kraftig bygget og har livlige øjne. Måske forsømmer hendes mand hende.

Så endelig kommer Carlsen til telefonen, hans stemme rammer Lundegaard som et stød. Han vil snakke med Lundegård. Lundegaard skal ikke komme op i firmaet, men sætte sig ind i vinstuen på den anden side gaden. Ved tolvtiden. Det er ikke sikkert, Carlsen kommer med det samme, men Lundegaard skal bare tage den med ro. Han kommer i hvert fald senest ved halvet-tiden.

IV

I vinstuen er der hyggeligt og rart, magelige stole, aviser og en rolig, dæmpende atmosfære. Lidt over tolv kommer Carlsen, Lundegaard ser straks på hans ansigt, at alt ikke er, som det bør være. Carlsen kommer ikke med mange omsvøb, men går lige til sagen, mener at chefens udenlandsrejse ikke har givet de ønskede resultater, og at han derfor er i dårligt lune. I hvert fald havde han ganske kort svaret, at det ikke var rejsende, han havde brug for, men valuta. Om han måske kunne skaffe ham valuta. Hvad fanden han skulle med rejsende, når han ikke kunne få nogen varer at sælge?

Men Carlsen skynder sig at tilføje, at Lundegaard ikke skal tage det for højtideligt, chefen er lunefuld, der bliver nok snart en chance igen. Firmaet arbejder efter princippet hurtige avancementer, og når de ansatte så er nået helt op til toppen og tror den hellige grav velforvaret, tror at chefen betragter dem som en af firmaets grundpiller, bliver de fyret. På den måde opnår chefen, at personalet stadig spænder sin arbejdsevne til det yderste. Og derfor har Carlsen så vidt muligt holdt sig i baggrunden og foretrukket det langsomme avancement.

Carlsen ler fornøjet over sin kloge indsigt i moderne rationaliseringsmetoder, håber vel også at hans munterhed vil smitte Lundegaard og få den bitre pille til at glide lettere ned. Men Lundegaard hører intet af hans godmodige snak. Alt er bristet for ham. Alt ligger i smadder. Det var knald eller fald det her, og det blev altså fald.

Carlsen sludrer videre, han er forlegen over ikke at have kunnet holde sit løfte og forsøger at glatte ud ved at sludre. Det går nok, der kommer snart igen en chance, og så videre. Nu må Lundegaard sgu da ikke gå hen og tabe humøret, det kommer nok altsammen.

Tabe humøret? Lundegaard stirrer på ham, tabe humøret. Hvad mener manden? Lundegaard er grå i ansigtet og famler efter sin hat.

En lille ligegyldig tanke siger ham pludselig, at Carlsen jo ikke kan gøre for det, at han jo har gjort sit bedste. Og Lundegaard mumler en slags tak til Carlsen, rækker ham hånden som i drømme og tumler ud af døren, usikker på benene som en mand, der har fået for meget at drikke.

V

Nu har han vandret i timevis op og ned ad gaderne, uden at vide, hvor han egentlig har gået og uden at vide hvor længe han har gået. Det satans tryk, der har lagt sig over ham, må da kunne fortage sig, lidt efter lidt, hvis han bare bliver ved at gå. Dér drejer han om hjørnet ved Farimagsgade og følger med strømmen ned ad Frederiksborggade. Dér står han stille på Kongens Nytorv og stirrer ud over havnen, som om han pludselig ikke kan komme længere, dér puffes og skubbes han frem på Strøget, en pæn almindelig mand i sin lidt slidte gabardinefrakke og sit hæklede halstørklæde, en ganske almindelig mand, der pludselig ikke mere kan finde en platform at leve videre på. Hans selvopholdelsesdrift er som lammet, hans tanker kredser kun om det uforståelige faktum, at nu er alt forbi.

Hen under aften forsøger et fysisk krav at vække ham,

han føler sult. Det kan måske redde ham. Han har i det mindste et legeme, der kræver opretholdelse. Men hans jeg, der er forpint til den store træthed og ikke øjner noget perspektiv for en fortsættelse, nægter at lytte til legemets påmindelser, tillader ikke fornemmelsen af sult at trænge ind i bevidstheden.

Luften er fugtmættet, bilerne sætter vædespor på asfalten, fra en radioforretning smælder tonerne ud på gaden: Smil dig gennem livet.

Så får selvopholdelsesdriften alligevel overtaget. Udenom hans bevidsthed fører den ham ind på en automat og sætter ham ved en à la carte-ret. Han stirrer åndssløvt på omgivelserne, stikker med gaflen i de halvkolde kartofler og glemmer gang på gang at tygge. Endnu er han i sine refleksioner ikke kommet et hak videre, end da han tumlede ud fra vinstuen, endnu kredser hans tanker som fascinerede om det samme punkt, kan ikke slide sig væk derfra. Hvert lille spædt forsøg møder blot en mur af mørke.

VI

Men nu famler hans fingre i vestens brystlomme efter en cigar, vanen har endnu engang overlistet hans dødtrætte jeg, der sløvt mumler sit ustandselige: Forbi.

Det er jeg'et, der er skyld i, at han nu er en færdig mand, og nu fralægger det sig ethvert ansvar ved bare at lade stå til, ved at kvæle hver eneste tanke, hans selvopholdelsesdrift forsøger at sende ind i hans bevidsthed. Det var klogt af selvopholdelsesdriften at alliere sig med vanen og putte en cigar i munden på ham, nikotinen stimulerer cellerne og tvinger jeg'et til at opgive sin passivitet, tvinger det til at beskæftige sig med problemet, til at prøve på at finde udveje.

Modstræbende prøver manden i gabardinefrakken at spotte sig selv: Herregud, lille mand, har de nu været onde ved dig igen? 'Kunne du nu ikke engang opnå en god og bekvem udvej af dine vanskeligheder ved at lade en ung-domskammerat protegere dig, dit skvat?

Men der er ingen rigtig resonansbund for spotten, sørgmodigheden og livsleden har gravet sig for dybt ind i ham.

Nederlaget anfægter ikke selvopholdelsesdriften, der nu er vækket og er parat til kamp. Den gør et nyt forsøg: Nå, det må jeg sige, det var da en øretæve, der havde va-sket sig.

Men Lundegaard ser ganske klart, at den ikke er hold-bar. Han søger fortvivlet efter en tanke at klynge sig til, men han finder ingen. Hans underlæbe dirrer. Han er så opfyldt af den eneste, store tanke, at der ikke er plads til flere. Tanken om, at dagen i dag bragte den afgørelse, han vidste ville komme. At der nu kun er helvede eller tilintet-gørelse tilbage.

VII

Så prøver han den udvej, han i den senere tid så ofte har måttet ty til. Han vil gå ind et sted og få noget at drikke. Derved vinder han også tid, udskyder afgørelsen. Og hvis han beslutter sig til at gøre en ende på det hele, vil det gå lettere, hvis han er fuld. En ende på det hele, fuldstæn-digt og for alle tider. Ikke behøve at gøre rede for noget som helst, ikke behøve at klare flere problemer. Det ville være så let, så behageligt let. Desuden ville det være kom-plet umuligt at fortsætte ad den afstukne bane, inkassere, slås med kreditorerne, bestandig mingelere den for at kla-re øjeblikket. Så i hvert fald hellere gå til politiet og sige: Mine herrer, her har de mig, jeg har lavet de og de numre. — Men hvad så bagefter?

Men foreløbigt bryder spiritussen hul i hans sløvheds mur og han vinder tid. Han drikker energisk. Med den absolutte hensigt at blive fuld så hurtigt som muligt.

VIII

Ud på aftenen kører han i bil til billardsalonen. Hvorfor skulle han ikke drikke sig fuld og køre i bil? Han har endnu en snes kroner på lommen, og han har haft så mange økonomiske spekulationer i de sidste år, at han ikke kan tænke sig at dø med penge på lommen. Og hvis han ser hr. Salomonsen deroppe, vil han sige til ham: Gamle dreng, det er gået i stykker for mig, og du vil aldrig få en skilling at se af dine penge. Måske han endda vil slå hr. Salomonsen på skulderen og spørge ham om han vil nyde en genstand. Det ville være herligt. Sådan skal det svin have det.

Men hr. Salomonsen er der ikke. Markør Nielsen er der heller ikke, han har vel fridag. Lundegaard går ned langs billarderne for at finde et sted at sidde, han har den samme fornemmelse af fortumlethed som sidst, selv om det hjælper ham noget, at han er halvfuld. Han har aldrig kunnet lide de større restaurationer, kommer bedre ud af det med beværtningerne og vinstuerne. Det er så underligt at gå hen ad sådant et stort gulv, mens de mange mennesker sidder og overbeglor en. I hvert fald har man den følelse, at de gør det. Man ved ikke rigtigt, hvordan man skal holde armene, ens måde at bevæge sig på forekommer en latterlig, og man er sikker på, at hvert eneste menneske i lokalet tænker: Sikken en underlig stabejser, der kommer der.

Men da han først har fundet et bord at sidde ved og har bestilt en genstand, da han atter glider ind i ubemærketheden som tilskuer, fortager den modbydelige fornemmelse sig. Nu er han fra den anklagedes plads rykket op på dommersædet og kan være med til at sidde og nidstirre de nyankommende, bedømme deres påklædning og deres måde at bevæge sig på.

For øvrigt er salonen stuvende fuld, og inden der er gået

en halv time, er han kommet i selskab med nogle pæne mennesker, der manglede en deltager til en klørsjavs. Lundegård kan godt spille klørsjavs, og hvorfor skulle han ikke tage det med. Han ved godt, at der spilles højt, men det passer ham egentlig udmærket. Det giver tankerne en anden retning, og taber han det han har på lommen, kan det ikke blive værre end det er. Og vinder han, får han midler til fortsat beruselse og kan forhale den ubehagelige afgørelse. Desuden siger overtroen, at folk i hans situation altid vinder.

Og han vinder virkelig. Ved lukketid har han et halvt-hundrede kroner på bordet foran sig. Men hans medspillere vil hen et andet sted og fortsætte, og selvfølgelig tager Lundegård med. De tager en bil og kører til en billardklub, hvor medlemmerne kan komme ind hele natten. Lunde-gaard bliver medlem, hans navn og adresse bliver indskre-vet i en protokol og klørsjavsen kan fortsætte.

Ved firetiden om morgenen er Lundegaard blanket af. Han er fuld og nedslået og foretrækker at gå. Rådhusplad-sen ligger mørk og tom, på hele den store plads ser man kun nogle få nattevandrere og nogle hjemløse. Der er lys i kiosken, og Lundegaard køber en morgenavis. Ikke fordi det interesserer ham at læse, hvad der står i den, men når man nu på grund af omstændighederne hører til de privi-legerede, der kan få den før almindelige mennesker, skal man selvfølgelig udnytte privilegiet.

IX

Han har egentlig ikke nogen følelse af modløshed og fortvivlelse, snarere af tomhed og livslede. Nu har han alt-så nået bunden. Nu mangler han blot at sætte punktum. Det er en besværlig og ubehagelig handling, der nu ven-tes af ham. Hvis ikke hans bror havde været så affejende den dag, havde livsleden ikke været komplet, og han kunne måske have fundet en måde at fortsætte på. Sådan set har hans bror ansvaret, han er ved sin egoisme, sin mangel på broderfølelse, skyld i at Lundegaard ikke vil være med længere. Lad de andre bare danse videre med deres bankbog og deres smålighed, hvad har de ud af det. Han gider ikke mere.

Men broderen skal få en påmindelse om, at han har jaget sin bror i døden. Når han i daggryet kommer ned i gården for at hente sin cykel i skuret, vil der hænge et lig i tæppebankningsplanken. Og når han skærer liget ned, vil han opdage, at det er hans bror, som han nægtede at give en håndsrækning, da det kneb. Tanken tilfredsstiller August Lundegaard. Usikker på benene af sprut, sentimental og selvmedlidende, går han ned ad boulevarden for at komme til Islands Brygge.

X

Men da han når Langebro, står han stille midt på broen og ser over mod Ørstedværket, hvor himlen er begyndt at lysne af den gryende dag. Det er jo slet ikke det han vil. Han er bare træt og ønsker at blive til ingenting.

Han går op på volden og sætter sig på en bænk. Natten er snart forbi, og han bryder sig ikke om at kende den dag, der kommer. Han kender den på forhånd og kender også de dage, der følger efter. Nu må det være forbi. Han må tage sig sammen for sidste gang, og se at få en ende på det.

Han må have siddet længe på bænken, fabriksfløjterne vækker ham, han er helt stiv af kulde. Han rejser sig og går over mod Christianshavn. Nu er der mange cykler på gaden, mørke skikkelser, der skal på arbejde. Han står stille ved Acciseboden, skutter sig i sin tynde frakke og bebrejder sig selv, at han ikke sparede sig for denne morgen.

I næste øjeblik spotter han sig selv: Du vil jo bare dø, for at de skal få ondt af dig, for at de skal fortryde, at de ikke altid var sådan mod dig, som de burde være. Og inderst inde håber du at blive reddet i sidste øjeblik for at kunne drage fordel af deres anger.

Han går op ved møllen på volden. Pludselig bryder fortvivlelsen frem og han protesterer mod anklagen: Nej, men jeg kan jo ikke mere, for helvede, jeg kan jo ikke mere. Tårerne bryder frem i hans øjne. Jeg vil jo bare have lov til at være i fred, jeg skylder jo ikke nogen noget, jeg har altid gjort mit bedste. Og nu kan jeg ikke mere.

For første gang i mange år ser han pludselig sin mors ansigt for sig, hendes milde ansigt, der siger: Min stakkels dreng.

Han giver sig fuldstændig hen i desperat fortvivlelse, presser ansigtet mod sine hænder og hulker som et barn.

Ustandselig gentager han, at han kan jo ikke mere.

At nu er det forbi.

XI

Så pludselig bliver han angst for, at han alligevel ikke skulle have mod til at gøre det. Og beslutter, at nu skal det ske, ikke om et minut, men nu. Han tager sin kniv frem, åbner den, knytter sin venstre hånd og snitter desperat to dybe flænger i håndledet.

Det var for lidt, skriger det i ham. En til, en til. Så fører han for tredje gang kniven med brutal kraft hen over håndledet.

Først er flængerne hvide, men i næste nu springer blodet frem, vælter frem og sprøjter nedover hans tøj.

Vild af skræk og ophidselse løber han ned ad volden og hen ad gaden, krampagtigt holdende sig med højre hånd om det mishandlede håndled. På Christianshavns Torv løber han over mod taxavognene. Chaufføren, der har set ham komme løbende, åbner døren. Lundegaard smider sig ind i vognen. Til Rigshospitalet, stønner han, til Rigshospitalet. Hurtigt, hurtigt.

Da vognen holder foran hospitalet, siger han til chauf-
føren: Et øjeblik, og løber ind gennem porten. På ska-
destuen behandler de ham mildt og overbærende, syr
flængerne sammen, giver ham et glas med noget, der kan
berolige nerverne og siger, at han kan komme om nogle
dage og lade dem se på ham igen. De spørger ham ikke om
noget, ikke engang om hans navn.

XII

Da han kommer ud på gaden igen, ser han vognen, der
troligt holder i rendestenen og venter på ham. Han går
hen til chaufføren og forklarer, at han var kommet til ska-
de, at han ingen penge har på sig, men at chaufføren kan
henvende sig på hans adresse og få sit tilgodehavende.

De er sgu en køn en, siger chaufføren. Hvorfor tog De
ikke en ambulance, nu har De svinet vognen til, og har
oven i købet ingen penge at betale med. Desuden havde
det været nærmere at køre til Sundby Hospital.

Så går forhenværende manufakturhandler Lundegaard
igen op og ned ad gaderne. Nu har han armen i bind og
er ved at blive ædru. Det er koldt og han har ingen penge.
Med den raske hånd føler han i lommerne, om der skulle
være nogle småpenge. Der er tredive øre. På Skt. Hanstorv
går han hen til kaffevognen og køber en kop kaffe. Han
sætter sig på en flødekasse, der er stillet på højkant. Kaf-
femanden vil gerne snakke og spørger ham, hvad han har
gjort ved armen. Og da Lundegaard ikke svarer, siger han
noget om kong Edward og mrs. Simpson. Og at nu er det
jo snart jul, der er allerede stillet juletræer op tilsalg rundt
omkring.

XIII

Hen under aften går Lundegaard hjem. Han lukker sig
stille ind og går ind i stuen. Der er ingen hjemme. Han

sætter sig ved vinduet og stirrer sløvt ned i gården.

Så endelig kommer hans kone. Det giver et sæt i hende ved synet af ham, hun stiller sig ved siden af ham, stryger med sin hånd over hans hår, trykker hans hoved ind til sig og siger: August, min stakkels ven.

Sådan sidder de længe. Hun spørger ikke om noget, men stryger ham ustandselig over håret. Så endelig fortæller hun, at chaufføren har været der og fået penge. Lundegård nikker bare.

Der kommer nogen op ad trappen og lukker sig ind. De står og taler i entréen. Han kan høre på stemmerne, at det er Anna og Poul. Poul er ved at fortælle, at han har været på socialkontoret for at ordne noget, og at han traf gartneren, ham der startede blomsterforretning i deres gamle lokale. Han har ikke forretning mere og må nu gå på socialunderstøttelse.

Nede på gaden er der en mand, der råber med ti søde for halvtreds. Det må vel være appelsiner.